KB153926

고전 서사와 성경 이야기

이 저서는 2020년도 서울시립대학교 연구년교수 연구비에 의하여 연구되었음.

CLASSIC STORY

고전
서사와
성경
이야기

서유경 지음

머리말

    우리의 고전 서사와 성경 이야기의 관련성에 대한 생각은 꽤 오랫동안 고민하고 있었던 연구 주제였다. 얼핏 생각하기에 한국의 고전 서사와 성경 이야기는 별로 상관없는 다른 세계의 이야기일 것 같았지만 의외로 서로 비교해 볼 필요가 있어 보이는 유사한 이야기들이 있었다. 그렇지만 고전 서사 전공자로서 성경 이야기에 접근하는 것이 쉽지 않았다. 그러다 보니 완성된 글이 나오기까지 꽤 오랜 시간이 걸리게 되었다.

    이번 글에서는 버려진 아기들의 이야기, 형제간의 갈등 이야기, 금기를 어겨 굳어 버린 여인들의 이야기를 선정하였다. 한국의 고전 서사에서는 바리데기 공주, 적항의와 적성의 형제, 장자못 설화 속 며느리 등을 다루었다. 그리고 이들 이야기와 비교해 볼 만한 성경 속 이야기로 모세 이야기, 에서와 야곱 이야기, 롯의 아내 이야기를 선정하였다. 이러한 이야기들 외에도 다룰 수 있는 것들이 더 있겠으나 그 작업은 후일로 미룬다.

한국 고전 서사와 성경 이야기를 함께 살펴보면서 전제로 한 것은 이야기의 보편성이다. 사람살이에서 나온 이야기들이기에 인생을 살아가는 사람들이라면 겪을 수밖에 없는 문제들이 이야기 속에 담겨 있는 것이다. 그러면서도 서로 다른 지역, 다른 문화적 배경 등에서 비롯된 차이도 있을 수 있는데, 이는 상호 문화주의의 관점으로 접근해 보고자 하였다.

우리나라에 기독교 사상이 본격적으로 유입되고 전파된 것이 조선 시대이기는 하지만 이미 오래 전부터 중국 등을 통해 직간접적으로 들어왔을 가능성을 고려하면 우리 고전 서사의 향유 과정에 성경 이야기가 영향을 끼쳤을 법하다. 그렇지만 여기에서는 그러한 영향 관계를 논증하기보다는 고전 서사와 성경 이야기의 서사적 관련성 분석에 집중하였다.

우선 두 이야기의 비교 분석을 위해 각각의 이야기를 읽고, 주요 서사를 정리하였다. 그리고 두 이야기의 주요 서사를 바탕으로 인물 형상이나 구조를 분석하기도 하고 의미를 해석하기도 하면서 비교하였다. 이를 통해 보편적 서사 요소를 도출하고, 다른 이야기로 확장하여 살펴보았다. 이러한 시도가 고전 서사의 보편성을 확인하고 상호문화적으로 활용할 가능성을 넓히는 데 기여할 수 있기를 기대한다.

이 책이 나오기까지 지원해 주시고 도와주신 분들께 진심으로 감사드린다. 먼저 이 연구를 할 수 있도록 허락해 주신 서울시립대학교에 감사드린다. 그리고 이 책을 마무리하는 동안 함께 읽어 준 내 동생 유현에게 고마운 마음을 전하고 싶다.

아울러 이 책의 출판을 맡아 주시고 도와주신 박이정 출판사 박찬익 사장님과 편집진 여러분들께 감사의 말씀을 드린다.

2023년 1월
서 유 경

차례

Ⅰ. 시작하며

◎ 고전 서사와 성경 이야기가 관련 있을까?

이 연구에서 주목한 것은 고전 서사와 성경 속 이야기의 관련성이다. 좀더 구체적으로 말하자면 고전 서사와 성경 속 이야기가 서로 유사한 서사 단위나 구조를 공유하고 있는 것이다. 이 연구는 이러한 고전 서사와 성경 이야기의 관련성과 의미가 무엇인지에 대해 관심을 갖고 시작되었다.

이 연구에서 고전 서사는 한국의 설화, 소설 등의 서사문학 작품들 중 근대 이전에 창작, 향유된 서사문학을 지칭한다.

그리고 성경 이야기는 기독교의 경전이라 할 수 있는 성경[1] 속에서 볼 수 있는 다양한 글에 들어 있는 서사를 가리킨다. 성경의 서술에는 다양한 갈래의 글들이 포함되어 있다. 시가 있는가 하면 역사 기록과 같은 서술도 있으며, 특정 인물에 대한 이야기나 사건에 대한 이야기도 있다. 이 글에서는 이렇게

---

1 일반적인 '성경'의 정의에는 다양한 종교에서 사용되는 경전이라는 의미가 있기 때문에 기독교의 경전으로 사용되는 성경이라고 제한하였다. 참고로 표준국어대사전에서는 "1. 종교상 신앙의 최고 법전이 되는 책. 기독교의 성경, 불교의 팔만대장경, 유교의 사서오경, 이슬람교의 코란 등이 있다. 2. 기독교의 경전. 신약과 구약으로 되어 있다."로 정의하고 있다. 이는 성경이 경전의 의미로 사용될 때에는 모든 종교에 존재하는 법전이지만, 일반적으로 성경이라고 할 때에는 천주교나 기독교의 경전을 지칭하기 때문이다.

(국립국어원, 『표준국어대사전』, https://ko.dict.naver.com/#/entry/koko/36385bce8c2d44129a4aa5b2bb3b8095)

교육학 용어사전에서는 성경의 형성 과정에 대해서도 제시하며 성경을 이루고 있는 다양한 책들에 대해 설명하고 있다.

"그리스어 biblion(책)에서 온 말. 4세기의 그리스 교부 크리소스토무스(Chrysostomus) 이래로 구약과 신약의 정경(正經)들을 to biblia(책들)라고 칭하였다. 여기에서 단수인 biblia(책)라는 말이 12세기 경부터 널리 사용되어졌다.

이와 같이 성경은 한 권의 문서가 아니라 기원전 1000년 경으로부터 기원후 2세기에 이르는 동안에 기록된, 저자와 내용과 형식과 부피가 다른 66권의 책들의 묶음이다. 구약(舊約)은 유대교의 경전으로서 서기 90년 경에 현재의 39권으로 확정되었고 신약(新約)은 서기 397년에 현재의 27권이 정경(正經)으로서 확정되었다 이때의 편집에서 제외된 문서들을 외경(外經)과 가경(假經)이라고 한다. 성경은 계시에 의해 기록된 하나님의 말씀으로서 절대적이고 유일한 권위를 가진다고 믿어진다."

(서울대학교 교육연구소, 『교육학용어사전』, 1995, https://terms.naver.com/entry.naver?docId=511181&cid=42126&categoryId=42126)

이 연구에서는 세계적으로 많이 읽히고 폭넓게 향유되는 이야기들이 이 성경 속에 있다고 보았다.

고전 서사와 성경 이야기

다양한 갈래의 글들 중에서 하나의 이야기로 묶어서 볼 수 있는 서사를 대상으로 논의하고자 한다.

우리 고전 서사와 성경 이야기는 특정 개별 서사를 비교해 볼 때 이야기라는 동일성이 있다고 할 수 있으나 서로 다른 문화권에서 만들어지고 향유된 이야기라는 차이를 지니고 있기도 하다. 그런데 이러한 사회 문화적 거리나 역사적 배경을 고려할 때 전혀 관련이 없을 것 같은 고전 서사와 성경 이야기 사이에 의외로 유사성이 발견되어 흥미롭다.

물론 특정한 지역에 제한적으로 향유되는 이야기도 있지만 세계적으로 넓게 분포하고 있는 이야기 유형들도 있어서 이야기들 사이에 관련성을 보이는 것이 당연하다고 할 수도 있을 것이다. 그렇지만 그렇게 많은 지역에서 다양하게 향유되는 유사한 이야기들일지라도 해당 지역의 특수성을 지니고 있기에 차별성 또한 분명하게 나타난다. 예를 들어 한국의 콩쥐팥쥐 이야기는 서양의 신데렐라 이야기와 서사적으로 공통점을 갖고 있다. 이는 계모 슬하에서 자라야 하는 자녀의 시련을 다루는 서사라는 유사성이다. 그럼에도 불구하고 콩쥐팥쥐와 신데렐라 이야기 사이에는 서사 전개의 구체적 과정, 이야기의 결말, 이야기에 담긴 주제 의식이나 지향성 등의 측면에서 차이가 있기도 하여 비교문학, 비교문화의 관점에서 의미 있는 분석이 이루어지기도 한다.

이와 비슷한 맥락에서 한국의 고전 서사와 성경 이야기가 서로 다른 인물을 다루는 이야기인데도 인물이 겪는 고난의 종류나 갈등의 성격 등의 측면에서 공통되는 특성에 주목할 필요가 있다. 다시 말해, 고전 서사와 성경 이야기가 가진 유사성과 상이성은 두 이야기를 비교해 볼 필요가 있음을 말해주는 것이다.

고전 서사와 성경 이야기가 서로 다른 이야기임에도 유사성을 느끼게 하는 서사적 공통점은 인간 삶의 보편성에서 유래한 것으로, 이는 상호문화적 접근의 통로가 될 수 있다. 또한 두 이야기의 차이점은 서로 다른 문화적 배경을 가진 주체들이 다른 문화를 수용하는 데에 필요한 이해의 지점을 알 수 있게 해 줄 것이다.

이에 이 연구에서는 우리의 고전 서사와 관련되는 성경 속 이야기를 찾아 두 이야기의 공통점과 차이점을 비교해 보고자 한다. 그리고 이들 이야기의 유사성에서 이야기의 보편성을 살피고, 차이의 의미를 분석해 볼 것이다. 이들 이야기의 비교 과정은 서로 다른 두 이야기를 읽고 분석하는 것이어서 상이한 두 문화의 이야기를 누리는 즐거움도 줄 수 있으리라 기대한다.

결과적으로 이들 이야기의 비교를 통해 한국 고전 서사 연구의 영역을 확장하고, 효용을 확대하는 데 기여할 수 있기를 바란다. 다른 한편으로는 문화 연구나 국어교육이나 한국어교육 영역에서 문화교육의 자료와 방법을 마련하는 기초 내용으로 제공될 수 있을 것이다. 또한 서로 다른 문화적 배경을 지닌 우리 고전 서사와 성경 속 이야기의 비교를 통해 얻게 되는 이야기의 보편성에 대한 이해는 상호문화적 접근의 가능성을 찾는 길이 될 수 있을 것이다.

◎ 이야기의 보편성

세상에 존재하는 모든 이야기들은 사람들의 삶에 대한 이야기, 삶에서 생기는 일을 바탕으로 한 이야기라 할 수 있다. 그래서 이야기는 사람이라는 존재가 생겼을 때부터 만들어지고 향유된 역사를 갖고 있다 할 것이다. 이 때문에 이야기의 역사와 전통을 살피는 것은 인류의 역사를 보는 것과 동궤에 있다고까지 말할 수 있다. 사람살이에서 나올 수 있는 이야기라면 모두 특정한 지역이나 문화권에 제한되지 않는 보편성이 있다고 할 수 있을 것이다.

이러한 보편성은 구체적으로 이야기의 내용이나 성격에서 찾을 수 있다. 한국 사람들의 이야기나 유럽 사람들의 이야기나 혹은 아시아 지역이나 아프리카 지역의 이야기나 어떤 이야기이든 사람살이에서 생긴 일들을 소재로 하고 있다는 점에서 공통성이 있을 수 있는데, 이것이 이야기가 지니는 보편성이다. 비록 자연환경이나 문화적 상황 등 시공간적으로 차이가 있다 할지라도 사람이 살아가는 삶을 다룬다는 보편성이 있는 것이다.

그래서 서로 다른 나라의 이야기를 읽으면서도 자신의 주변에서 일어난 이야기처럼 느끼기도 하고, 이야기 속 인물에 대

고전 서사와 성경 이야기

해 공감할 수도 있으며, 다른 사람의 이야기임에도 자신에게 있었던 혹은 있을 수 있는 이야기로 생각할 수 있게 된다. 이러한 이야기의 보편성에 주목하여 보면, 서로 다른 언어나 문화를 비교 연구하거나 교수·학습할 때 '이야기'는 좋은 교육용 자료, 매개 자료가 될 수 있다. 그것은 우리의 고전 서사 역시 이러한 보편성을 지니고 있기 때문이다. 우리 문화를 아직 잘 모르고 적응하지 못한 문화 주체라 할지라도 우리의 고전 서사를 통해 우리 문화에 대해 공감과 이해를 경험할 수 있을 것이다.

이 연구는 이러한 이야기가 지니는 보편성을 한국의 고전 서사와 성경 이야기 사이의 유사성에서 발견함으로써 시작되었다. 한국의 고전 서사와 성경 이야기는 서로 다른 문화적 기반에서 만들어지고 향유된 것이지만 사람살이의 보편성이라는 측면에서 비교 가능한 부분이 있다고 판단되었다.

한국의 고전 서사와 성경 이야기가 공유하는 요소가 신기하기도 하고 흥미로워 어떤 공통점을 갖고 있는지, 어떻게 다른지 읽으면서 정리하는 것으로 비교를 시작하였다. 그리고 이러한 한국의 고전 서사와 성경 이야기가 지니는 보편성을 확인하기 위해 비교 가능한 요소들을 분석해 보고자 하였다. 이는 한국 고전 서사를 중심으로 한 비교 문화적 접근이면서 상호문화적 관점으로서 문화론적 문학 연구나 외국어로서의 한국어교육 분야와 관련될 수 있다. 상호문화적 관점에 대해서는 다음에서 살펴보도록 하겠다.

◎ 상호문화주의

상호문화주의는 이 글에서 한국의 고전 서사와 성경 이야기를 비교할 때 발견하는 공통점과 차이점에 대해 의미를 부여할 수 있는 관점이다. 우리 고전 서사와 성경 이야기를 비교하여 보면 그 결과 유사성과 차이점을 얻게 되는데, 두 이야기의 서로 다른 차이를 인식하고 수용할 뿐만 아니라 보편적 서사를 모색하는 할 수 있는 데까지 나아갈 수 있는 관점이 상호문화주의이다.

상호문화성이 서로 다른 텍스트 사이의 유사성과 보편적 특질에서 나오는 것이라면 상호문화주의는 다문화 사회에서 다른 문화에 대해서 어떠한 태도를 가질 것인가라는 문제에 대해 포용적, 보편적 철학을 전제로 하는 관점이라 할 수 있다. 상호문화주의는 다문화 사회에서 다른 문화에서 온 새로운 구성원을 어떻게 수용할 것인가에 대한 여러 가지 관점 중의 하나이다.

이미 오래 전부터 다문화 사회의 특성으로 인해 기존 사회 구성원과 새로운 구성원이 어떻게 조화롭게 살아갈 수 있을지에 대해 고민하고 해결 방법을 찾아온 국가 혹은 문화권이 있다. 이들 국가, 문화권에서는 균질적이거나 균형을 이루고 있던 기존 사회에 다른 문화권에서 온 주체들이 유입되면서 생기는 문제들을 경험하고, 이질적인 구성원들을 하나의 사회로 통합하기 위해 꾸준히 노력해 왔다.[2]

이러한 사회의 예로 미국이나 유럽을 들 수 있는데, 이들 사회는 상대적으로 다양한 문화 주체들이 한 사회를 구성하는 혼종적 성격이 강하여, 새로운 문화 주체의 유입으로 인한 사회적 갈등을 겪었다. 그래서 사회 속에 존재하는 소수 집단이나 민족에 대해 어떠한 태도를 가져야 할지, 어떤 정책을 세워야 할지 고민해 왔다. 이에 반해 우리나라의 경우 전통적으로 단일 민족, 단일 국가로서 유지되어 온 특성이 있다. 우리나라 사람들은 단일 공동체로서의 의식을 가지고 성장했으며 그렇게 살아왔다고 할 수 있을 것이다. 그래서 우리와 다른 문화를 가진 주체의 유입이나 통합에 대한 고민의 역사가 상대적으로 짧다고 할 수 있다. 그렇기 때문에 우리 사회에 닥친 다문화 사회의 도래라는 변화는 매우 당황스럽고 새로운 과제라 할 수 있을 것이다.

---

2 다양한 문화 주체가 유입되어 만들어진 국가-대표적으로 미국이나 유럽-의 경우 다문화에 대한 고민이 오랫동안 이루어졌다 할 수 있다. 기존의 문화를 갖고 있던 사회에 새로운 문화적 배경을 가진 주체들이 들어와 사회 구성원이 되었을 때 서로 이질적인 문화에 대해 어떻게 포용해야 할지, 어떤 태도를 가져야 할지 고민스러울 수밖에 없었을 것이다.

고전 서사와 성경 이야기

우리나라가 다문화 사회로 변화한 계기는 교통과 매체의 발달에 따른 사회문화 교류의 확대와 본격화라 할 수 있다. 교통이 발달하고 통신, 전자 기술 수준이 현격히 높아지면서 전 세계가 서로의 문화를 교류하며 공통 문화를 향유하는 현상이 나타난 것이다. 그러면서 우리나라 역시 다문화 사회로의 변화를 겪었다. 이제는 우리 사회에서도 외국인을 흔히 볼 수 있게 되었고, 다양한 문화를 가진 여러 나라 사람들과 살아가게 되었다. 이러한 변화가 이루어진 우리 사회에서 더 이상 문화의 단일성을 강조하고 추구하기는 어려울 것 같다.[3]

다문화 사회로의 변화 과정을 겪으면서 오랫동안 사회 구성원 간의 관계 문제에 대해 해결책을 강구해 온 서구의 사례를 보면 그 관점과 정책의 방향을 크게 두 가지로 정리할 수 있다. 이는 상호문화주의 이전의 정책으로 하나는 새로이 유

---

3 최현덕은 이러한 단일 문화 관점에 대해 울리히 벡의 '컨테이너' 비유를 들면서, 세 가지 측면에서 문제가 있다고 지적한다. 한 가지는 하나의 민족이 하나의 공통되고 통일된 문화를 가진다는 것이 허구라는 것이다. 다른 한 가지는 통일된 문화를 주장하는 것은 다른 특정한 문화를 배제하면서 사회적으로 비가시화한다는 것이다. 이는 권력에 의한 이데올로기적 과정이어서 지배 권력의 이해와 결합되어 있는 문화가 민족 문화로 인정되며 이 문화와 호환되지 않는 문화는 결국 배제된다는 것이다. 나머지 한 가지는 단일 문화로서의 민족 문화라는 것은 대부분 통일된 전통을 전제로 하고 있는데, 이 역시 허구라는 것이다. 왜냐하면 전통이란 것이 한번 만들어지고 나서 완결되는 것이 아니라 끊임없이 새롭게 만들어지는 것이기 때문이라 한다(최현덕, 「경계와 상호문화성 – 상호문화 철학의 기본 과제」, 『코기토』 통권 66호, 부산대학교 인문학연구소, 2009, 305-306쪽.).

입되는 문화적 기반을 가진 주체가 자신의 문화를 버리고 우리 문화 속으로 들어오게 하는 방향이고, 다른 하나는 우리 문화 속에 살아가는 주체가 되는 다른 문화 주체가 자신의 문화적 정체성을 유지하면서 살아가도록 하는 방향이다. 전자는 소위 동화주의, 후자는 문화 상대주의 혹은 문화 다원주의라고 할 수 있다.[4]

  그런데 이 두 가지 다문화 정책을 시행해 본 결과, 이러한 관점에 근본적으로 문제가 있다는 것을 인정하게 되었다.[5] 이

---

4 동화주의나 문화 다원주의의 차이에 대해 다음 설명을 참조할 수 있다.
  "동화주의적 접근의 다문화교육은 "문화적 소수집단을 어떻게 주로 사회에 통합시킬 것인가?"에 초점을 두고, 주류사회의 언어, 지식, 가치, 기술 등을 소수 집단에게 가르침으로써 그들이 주류사회에 적응할 수 있도록 도와주는 데 역점을 둔다. 이 접근은 주류사회에서 요구되는 지식, 가치, 기술 등에 대한 처방적 프로그램을 소수 집단에게 제공함으로써 그들에게 계층 이동의 기회를 동등하게 제공할 수 있게 되고 사회적 평등을 획득할 수 있다는 순진한 가정을 갖고 있다.… (중략) …문화 다원주의란 복수의 문화들이 상호 고유성을 인정하면서 조화롭게 공존하고 교류하는 현상을 일컫는 개념으로, 다양한 유형의 문화들이 나름의 고유한 가치와 의미를 토대로 공존하고 있다는 사실을 수용하고 그 각각의 고유한 가치와 삶의 유형을 규범적으로 인정해야 한다는 입장이다. 이는 특정 문화 집단의 가치관이나 삶의 유형을 절대적, 보편적 기준으로 삼지 않고 각 문화집단의 고유함을 인정하고 자신과 다른 문화집단에 대해 선입견을 갖지 말아야 한다는 문화상대주의적 입장과도 관련된다. 문화 다원주의는 문화들 간의 차이점과 유사점에 대한 인정을 통해 모든 인종과 문화는 동등한 위치와 가치를 갖고 있음을 강조한다."(박경숙, 「독일의 상호문화교육과 우리나라 다문화교육에 관한 비교연구 : 초등학교를 중심으로」, 경기대학교 교육대학원 석사학위 논문, 2013. 11-14쪽.)

5 이러한 지적은 다음과 같은 정리를 통해 확인할 수 있다.
  "2010년 독일 메르켈 총리는 다문화 사회 건설 시도는 완전히 실패했으

는 오랜 시간 동안 한 사회 내의 여러 문화를 포용하고자 시
도해 온 정책이 결국은 실패했다는 인식이자 고백이라 할 수
있다. 그것은 동화주의 정책이나 문화 다원주의 정책이 진정
한 사회 통합에는 실패했다는 인정일 것이다.

이러한 맥락에서 최근에는 문화이론 연구나 문화철학 분야
에서 사회 내의 다양한 문화에 대해서 다문화 혹은 상호문화
성의 관점이 제안되었다. 문화 절대주의적 관점에 기반한 동
화주의 정책에 대한 대안으로 나왔던 문화 상대주의, 다원주
의 정책도 갈등을 해결할 방법으로는 한계가 있다는 것이다.
여기서 짚어 보아야 할 것이 다문화성과 상호문화성의 차이이
다. 이에 대해 다음의 설명을 참조할 만하다.

"첫째, 개념적 측면에서 볼 때, '다문화성' 개념이 여러 문화의
존재를 현상적으로 기술하는 개념이라면, '상호문화성' 개념은,
여러 문화가 존재한다는 사실에서 더 나아가, 이들의 상호적 관
계성을 개념 자체 속에서 표현한다는 점에서, 현상 기술을 넘어서

며, 다양한 문화적 배경의 사람들이 어울려 사는 다문화적 구상은 작동
할 수 없다고 선언하였으며, 그에 이어 2011년 2월에는 영국 카메론 총리
가 독일 뮌헨에서 열린 '국제안보회의'에서 영국도 독일과 마찬가지로 실패
했다고 주장한 바 있다."(김정숙, 「프랑스의 '상호문화주의'에 대한 소고」,
『한국언어문화학』 9권 2호, 국제한국언어문화학회, 2012, 89쪽)

서 당위적 지향성을 표현하는 개념이라고 할 수 있다. 상호문화 철학이 현실을 기술하는 데에 머물지 않고 현실의 변화를 지향하는 강한 프로그램을 갖고 있는 학문이라는 점을 고려해 볼 때, '상호문화성' 개념이 그 성격을 보다 더 잘 표현해 주는 개념이라고 할 수 있다.

두 번째 차이는 '다문화성' 개념이 다문화적 존재의 관용적 인정에 주안점을 두고 있어 상대주의에 빠질 수 있는 위험을 안고 있는 반면, '상호문화성' 개념은 이들 간의 대화 등을 통한 상호작용에 주안점을 두고 있는 만큼, 소통과 대화를 통한 규제적 역할을 발전시켜 갈 수 있는 여지를 갖고 있는 점이다. 다문화성 개념은 이론적으로나, 실제에 있어서나 여러 문화들이 서로 간의 별연결 없이 단지 병존하고 있는 상태의 기술에 머무르는 경우가 많은 반면, 상호문화성 개념은 서로를 변화시켜가며 살찌우는 대화적 교류, 서로 간에 존재하는 경계와 장애물을 극복하려는 과정에 대한 적극적 표상을 함축하고 있다는 것이다."[6]

위의 설명에서 알 수 있듯이, '다문화'와 '상호문화'라는 용어 사이에는 자신과 다른 문화에 대한 관점과 태도 측면에서

---

6 최현덕, 「경계와 상호문화성 – 상호문화 철학의 기본 과제」, 『코기토』 통권 66호, 부산대학교 인문학연구소, 2009, 310쪽.

상당한 차이가 있다. 다문화라는 용어는 한 사회 안에 여러 가지의 문화가 있을 수 있음을 인정하는 상대주의적 관점을 말해 주는 것인 데 비해 상호문화라는 용어는 다른 문화에 대해 적극적 수용과 교류를 함축하는, 즉 서로 다른 문화 사이의 소통과 대화라는 관점을 가지고 있는 것이다.[7] 이러한 상호문화적 관점의 필요성은 다음과 같은 말에서도 확인할 수 있다.

> "'다문화'라는 용어는 단순히 문화가 다양하다는 사실을 말하는 것이 아니라, 서로 다른 문화를 가진 사람들이 문화적 차이로 빚어질 수 있는 갈등을 피하고 평화롭게 공존하자는 적극적 의미를 내포하고 있는 것으로 보인다."[8]

위에서 보듯이 상호문화주의는 어느 한 문화가 절대적 우위를 차지하는 동화주의나 서로의 문화가 지니는 독자성을

---

7 물론 이렇게 단순화시켜서 말하기에는 다문화라는 용어의 쓰임새가 넓다. 한 사회에 여러 다른 문화가 공존하는 사회, 즉 사회적 양상을 기술하는 용어로서 다문화가 사용될 수도 있기 때문이다. 상호문화와 대비되어 사용되는 다문화라는 용어는 한 사회 내에 존재하는 다른 문화에 대한 관점 혹은 정책적 기조로서 상호문화적 관점과 차별적으로 쓰인 것이다.

8 김정숙, 「프랑스의 '상호문화주의'에 대한 소고」, 『한국언어문화학』 9권 2호, 국제한국언어문화학회, 2012, 76쪽.

인정하지만 개별성으로 남는 문화 상대주의를 넘어 함께 공존할 수 있는 새로운 통합 문화로의 적극적 의미를 지닌다. 그래서 상호문화적 관점은 문화교류나 문화교육, 문화연구에서 어느 한 문화를 우위에 두거나 일방적 흐름을 지양하고 쌍방향적 이해와 소통을 지향한다. 달리 말하자면, 상호문화적 관점은 서로 다른 두 문화를 비교하면서도 문화교류나 문화교육의 결과로 어느 한 문화가 억압당하는 것으로 결론 짓거나 어느 한 문화가 다른 문화에 대해 일방적으로 지배하는 것으로 인식하게 되는 것을 피하고자 한다. 다문화 사회에서 단지 다른 문화가 있다는 것을 알거나 인정하는 정도에 그칠 것이 아니라 그 다른 문화를 받아들이고 이해하며 소통함으로써 교류할 필요가 있다는 것이다.

◎ 고전 서사와 성경 이야기의 비교 방법

한국의 고전 서사는 신화, 전설, 민담과 같은 구비문학뿐만 아니라 야담, 한문소설, 국문소설 등 다양한 양식으로 전해져 온다. 오랜 세월 동안 켜켜이 쌓인 우리 한민족의 사고방식과 감수성, 생활과 같은 문화를 담고 있는 것이 우리 한국의 고전 서사인 것이다.

성경 역시 오래 전부터 형성되어 전해져 온 역사를 갖고 있다. 성경은 많은 인물 군상들의 역사, 민족의 경험 등이 이야기, 시, 편지 등의 다양한 양식으로 기록되어 있는 글들의 집합체이기도 하다. 이 글에서는 성경의 다양한 글들 중에서도 이야기로 볼 수 있는 서술을 부분적으로 선정하여 다루고자 한다.

이렇게 고전 서사와 성경 속 이야기를 놓고 보면 오랜 전통을 지니고 있는 서사라는 공통점을 갖고 있고, 서로 다른 문화와 역사를 배경으로 하고 있는 서사라는 차이도 있기에 상호문화적 관점에서 비교하는 의의도 크다고 할 수 있다.

그런데 이들을 비교할 때에 갈래적 유사성을 따지자면 성경 전체와 고전 서사를 동일선상에 놓기는 어려운 점이 있다. 왜냐하면 성경은 이야기로서의 서사뿐만 아니라 역사서, 시편,

편지 등 다양한 갈래를 포괄하고 있고, 갈래적 성격을 규정하기 어려운 글들도 다수 있기 때문이다. 게다가 이를 우리의 고전 서사의 갈래와 견주어 동일 갈래를 찾아보려 하면 더욱더 어려울 것이다.

그래서 이 연구에서는 서사의 구성 요소로서의 스토리, 혹은 이야기 단위로서의 삽화(episode)[9] 차원으로 비교의 수준을 좁혀 살피고자 한다. 한국 고전 서사를 이루는 다양한 작품들, 예컨대 고전소설이나 설화 작품 전체와 성경 속 하위 장이나 한 장면을 비교하기는 어렵기 때문일 것이다. 이에 우리 고전 서사와 성경의 비교 단위를 이야기라는 구성 차원으로 범위를 한정하고자 한다. 서로 다른 작품의 전체 서사를 비교하기는 어렵겠지만, 고전소설 작품 중에서도 하위 사건 하나와 성경의 어느 한 이야기를 다루면 그 유사성과 차이점을 분석하기가 용이할 것이다.

구체적인 비교 과정에서는 고전 서사의 주요 모티프나 사건과 성경 속 이야기를 재구성하여 정리하고자 한다. 이는 앞서 말했듯이 스토리 비교이든 삽화 차원의 비교이든 일부나 전

---

9   '삽화'는 서사를 이루는 분절 단위라 할 수 있는데, "이야기 안에 들어가는 여러 작은 이야기, 또는 한 이야기 중에 같은 주제를 부각하기 위하여 나열하여 들어간 작은 이야기들"로 정의할 수 있다(국립민속박물관, 「한국민속문학사전(설화 편)」, http://folkency.nfm.go.kr/munhak/index.jsp).

체를 인용하더라도 분석을 위해서는 텍스트로 재구성, 정리할 필요가 있기 때문이다. 그리고 한국어교육이나 이 분석의 실제적 결과를 활용하는 실천 국면에서는 독자를 위한 텍스트가 필요하기 때문이기도 하다.

따라서 이 글에서는 한국의 고전 서사와 성경의 이야기, 삽화들을 상호문화주의의 관점에서 비교해 보고자 한다. 단순한 텍스트적 관련성에 주목한다면 상호텍스트성을 중심으로 할 수도 있겠으나, 여기서 상호문화주의의 관점이라고 한 것은 우리 고전 서사와 성경 이야기의 텍스트적 유사성이나 상호관련성을 따지는 것에서 그치는 것이 아니라 포괄적 의미에서 문화적 비교까지 다루고자 하기 때문이다. 그리고 서로 다른 문화를 바라보는 적절한 시각이 상호문화적 관점이라고 보았기 때문이다.

모든 문학 텍스트는 문화적 맥락을 기반으로 한다는 점에서 상호텍스트성이 있다는 것은 상호문화적 관점에 닿을 수밖에 없다고 본다. 그리고 한국어교육을 염두에 두면 학습자의 문화적 기반과 텍스트의 문화적 기반이 서로 소통하는 상호소통성, 상호문화성까지 고려해야 할 것이다. 한국어교육과 같이 상이한 문화권의 접촉이 일어나고 새로운 문화를 가르치고 학습해야 하는 경우 다른 문화에 대한 바람직한 시각이 필요하다. 그래서 한국어교육의 필요성이 대두되던 시기에 주로 사용된 다문화 혹은 다문화교육이라는 용어 대신 최근에는 상호문화주의나 상호문화교육적 관점이 부상하고 있다.

한국어교육에서 지향하는 문화교육은 문화의 총체적 상징물인 문학 작품을 통해 효과적으로 이루어질 수 있을 것이다. 그리고 문화교육의 일환으로 활용되는 문학 작품을 다룰 때에 상호문화적 관점이 필요하다.

이 연구에서 시도하는 한국의 고전 서사와 성경 이야기의 비교 분석은 이야기의 유사성과 차이를 바탕으로 한 상호문화적 교육의 실제적 내용을 마련하는 길이 되리라 기대한다. 한국의 고전 서사와 성경 이야기의 비교는 구체적 서사물을 중심으로 서로 다른 문화의 소통이 이루어지는 과정이라 할 수 있다. 그리고 고전 서사와 성경 이야기를 통해 문화적 동질성과 차이점을 파악하고 이해하는 과정은 상호문화교육을 실질화하는 의미가 있다. 이 연구의 결과를 한국어교육에 활용함으로써 이러한 의의가 확보될 수 있을 것이다.

한국어교육에서 문화교육의 문제는 한국 문화의 확장이라는 의의가 있는 것이지만, 한국 문화와 차이가 있는 문화 주체에게 새로운 문화 정체성을 형성하는 것이라는 점에서 상호문화적 관점이 필요하다. 다시 말해, 한국어교육이나 한국 문화교육이 한국의 문화를 일방적으로 전달, 주입하는 것이 아니라는 것이다. 문화교육은 문화 접촉, 문화 교류처럼 상호소통적, 쌍방향적 성격을 지닌다. 그래서 서로 다른 문화의 주체가 언어나 문화를 학습할 때에는 상호문화적 관점이 필요하다.

이 연구에서 제시한 한국의 고전 서사—설화, 고전소설 등—와 성경 삽화의 비교 분석 내용은 문화교육의 내용이 될 수 있을 것이다. 문학 작품을 기반으로 한 문화교육의 가능성은 한국어교육과 다문화교육 관련 연구에서 이미 제시된 바 있다. 이는 언어 교육의 주요 과제가 문화교육을 포함하고 있으며, 문화교육은 문화의 총체적 상징물인 문학 작품을 통해 효과적으로 이루어질 수 있기 때문이다.

"한국에서의 경우, 지난 세기 90년대 이후, 외국어로서의 한국어교육에서 관심을 보이기 시작한 언어와 문화의 관계는 이제 이 분야에서 빼놓을 수 없는 주요 과제가 되어, 이에 대한 연구가 폭을 넓히고 깊이를 더해 가고 있다. 여기에서는 효율적인 의사소통을 근본 목표로 하는 외국어 교육의 성격상, 언어에 반영된 문화의 실상이 관심의 주된 대상이 되어 있다. 이후 고조되기 시작한 언어와 문화에 대한 관심은 그 영역이 더욱 확대되어, 언어와 문화의 상관관계에 적극적인 관심을 기울이게 되었다. 여기서 말하는 상관관계란 것은 언어와 문화의 상관적 특성과 함께, 언어에 문화가 반영되고, 문화에 언어가 반영되는 상호 작용을 의미하는 것으로, 이것은 소박한 말로 언어 속의 문화 그리고 문화 속의 언어로 구현됨을 말한다."[10]

특히 한국의 고전 서사는 한국의 전통, 역사와 함께 문화를 드러내는 상징물이자 실체이고, 성경에 제시되고 있는 여러 가지 이야기는 오랫동안 전승, 향유되었기에 세계 공통의 문화와 관련될 수 있는 기반이 된다. 그래서 한국 문화교육에서 한국의 고전 서사와 성경 이야기는 상호문화적 소통을 가능하게 하는 내용이자 교재가 될 수 있다. 어떤 문화권의 특성이 오롯이 나타난 것이 문학 작품이고, 문학 작품은 사회문화적 맥락 하에서 작가와 독자, 메시지의 상호작용으로 생산된 것이기에 다른 문화권의 문학 작품을 만나는 것은 문화를 총체적으로 학습하는 계기가 된다.

한국어교육에서 상호문화주의, 상호문화성, 상호문화교육과 관련된 논의는 다문화교육의 맥락[11]과 제2외국어로서의 언

---

10 성기철, 「언어문화의 보편성과 개별성」, 『한국언어문화학』 1, 2호, 국제한국언어문화학회, 2004, 132쪽.

11 '오영훈, 「다문화교육으로서 상호문화교육 −독일의 상호문화교육을 중심으로−」, 『교육문화연구』 15권 2호, 인하대학교 교육연구소, 2009,

어학습 이론의 발달 과정에서 부각되었다 할 수 있다. 이론적 정리를 다룬 연구서에서는 다문화교육과 상호문화교육을 비교 분석하며 소개하기도 한다. 이론적, 실천적으로 다문화교육과 상호문화교육은 서로 유사한 면도 있고 차별적이기도 한 것으로 보인다.

그런데 다문화주의나 다문화교육, 상호문화주의 등의 관점은 근본적으로 다양한 문화적 배경을 지닌 주체들이 서로 다른 문화로 인해 갈등하지 않고 조화롭게 함께 살 수 있기 위한 것이라는 공통점을 지닌다. 문화교육에서 상호주의, 상호문화적 관점이 필요한 것은 한국어교육과 같이 문화적 바탕이 다른 주체가 한국어, 한국 문학, 한국 문화를 학습할 때 오는 정체성 혼란 문제를 해소할 수 있기 때문이다.

이 연구에서는 도출되는 한국의 고전 서사와 성경 삽화의 유사성과 차이점은 상호문화적, 상호교섭적으로 한국어를 학습할 수 있는 문화교육의 내용이 될 수 있을 것이다. 문화교

27-44쪽.'과 같은 논문에서 알 수 있다. 오영훈은 다문화 사회로 변화하고 있는 한국 사회에서 상호문화교육이 필요함을 말하고 독일의 사례를 제시하고 있다. 오영훈은 '상호문화이해교육'이라는 용어를 사용하는데, 그 필요성을 1) 국민 통합을 위해 문화의 차이와 다름을 존중하는 사회적 인식 전환을 해야 하기 때문에, 2) 사회 전체 구성원의 인식 변화를 전제로 사회 문화적 통합을 해야 하므로, 3) 세계화 시대에 맞는 인식과 태도를 함양해야 하기 때문 등으로 들고 있다.

육은 서로 다른 문화의 만남을 전제로 하는 것이기에 자신의 문화와 학습 대상으로서의 타문화가 긍정적으로 소통, 교섭하도록 해야 한다. 한국 문화를 받아들이는 수용자, 독자, 학습자 등의 주체가 속한 문화적 기반이 한국 문화를 습득하는 데 영향을 끼치기 때문에 타문화로서의 한국 문화를 긍정적으로 받아들일 수 있도록 해야 하는 것이다.

그래서 문화교육에서는 서로 다른 문화의 보편성과 특수성이 다루어져야 한다. 문화의 보편성은 동서양을 막론하고 사람 사는 세상이면 존재하는 공통적 특성이다. 특수성은 서로 다른 문화가 지니는 차이를 드러내는 성격이라 할 수 있다. 그러하기에 문화적 보편성은 문화 교육에서 다른 문화에 대한 이질감 없이 수용할 수 있도록 하는 매개가 된다. 서로 문화적 기반이 다르면서도 어떤 문학 작품에 쉽게 공감하거나 감동할 수 있는 것은 그 문학 작품에 포함된 보편성 때문이다. 그래서 자신과 다른 문화를 학습하는 과정을 보편성에 기반한 문화적 유사성을 바탕으로 문화적 차이에 대한 학습으로 나아가는 것이 긍정적으로 타문화에 접근할 수 있는 방법이 될 수 있다.

한국 고전 서사—신화, 전설, 민담, 고전소설 등 다양한 이야기는 그 형성, 발전과정에서 서로 영향을 끼치고 융합되기도 하며 새로운 이야기로 만들어져 온 결과라 할 수 있다. 한국 고전소설을 중심으로 놓고 보면, 그 안에 다양한 인물과 갈등, 사회 현실의 문제가 서사구조로 얽혀져 삶에 대한 문제를 제기하고 살아갈 만한 세상에 대한 꿈을 제시하는 이야기로 만들어져 있다.

이러한 한국 고전 서사의 특성은 근·현대소설과 달리 특정한 작가가 제시되어 있지 않은 경우가 많다는 것과 관련된다. 예를 들어 대다수의 작자가 알려져 있지 않은 고전소설 작품은 특정한 시대에 특정한 작가에 의해 만들어진 개별성보다는 공동체 속에서 공유되던 이야기가 확장, 구조화된 특성을 지니고 있다. 한국 고전소설은 이러한 집단적 향유 특성으로 인해 인간 삶의 보편성을 지니게 된 것이라 할 수 있다.

성경 역시 이러한 보편성의 측면에서 살펴볼 수 있다. 다양한 기록자가 다양한 이야기를 다양한 양식으로 쓴 글을 복합적으로 갖고 있는 것이 성경이다. 그런데 성경 속에는 작은 단위의 많은 삽화들이 들어 있어서, 이들 삽화 단위 이야기들은 우리 고전 서사와 비교할 수 있는 특성들을 보이고 있다.

따라서 이 연구에서는 한국 고전 서사와 유사성을 지니는 성경의 삽화들을 주제별로 비교해 보고자 한다. 동일한 주제 의식, 비슷한 인물 이야기, 비슷한 양식적 특성을 보이는 이야기들을 한국 고전 서사와 성경의 삽화에서 각각 선정하여 그 양상을 비교, 분석할 것이다. 이야기를 비교하기 위해 선정한 삽화는 사람 중심의 이야기인 경우도 있고, 사건 중심의 이야기인 경우도 있다. 이러한 이야기의 비교 분석 결과는 서로 다른 문화의 공통점을 통해 문화의 보편성을 학습하고, 차이점을 통해 문화의 특수성을 학습할 수 있는 문화교육의 텍스트이자 교육 내용이 될 수 있으리라 기대한다.

◎ 이야기의 문화교육적 가치

상호문화적 관점에서 한국의 고전 서사와 성경 이야기를 비교하는 의의는 문화교육의 방법과 위상과 관련지어 봄으로써 좀더 명확히 알 수 있다. 즉 이야기가 지닌 문화적 성격에서 문화교육의 자료로 활용될 수 있는 가능성을 찾을 수 있다. 한국의 고전 서사와 성경 이야기는 문화적 보편성과 함께 특수성을 지니고 있다. 그래서 이들 이야기의 비교 과정은 문화교육의 내용이자 방법이 될 수 있다.

만약 문화교육에서 고전 서사와 성경 이야기를 자료로 활용한다면 서로 다른 문화권의 이야기들을 상호문화적으로 비교함으로써 다문화 사회에서의 갈등 양상이라 할 수 있는 문화 갈등이나 분열을 해소할 수 있는 방편을 모색할 수 있다. 일차적으로는 서로 다른 문화적 배경을 지닌 이야기를 비교하는 것이기에 각기 다른 문화에서 만들어진 이야기임에도 공유하고 있는 요소를 발견하는 과정이 될 것이다. 그리고 그 발견을 통해 자신과 다른 문화에 대한 상호 이해가 가능해진다.

다른 한편으로 서로 다른 문화권의 이야기를 비교하는 과정은 각 이야기가 지닌 문화적 특수성을 이해하는 계기가 된다. 서로 다른 이야기에서 문화적 차이를 발견하는 과정은 다른 나라의 언어와 문화를 이해하고 학습하는 방법이 될 수 있을 것이다.

외국어로서의 한국어교육에 대한 필요성이 높아지면서 실제적인 한국어교육의 실천도 점점 더 활성화되는 상황이다. 한국어교육의 필요가 급증하면서 활성화되는 현상은 한국 문화의 세계적 위상 강화와 함께 이루어졌다 할 수 있다. 실제적 문화 현상이라고 한다면 K-Pop과 같은 한국 대중가요의 세계화와 영화, 드라마의 세계 진출 등을 통칭하는 K-문화를 들 수 있을 것이다. 또 다른 한편으로 한국 내에 유입되는 외국인 수도 급증하면서 다문화 사회에 대한 고민이 본격화되는 양상을 들 수 있다.

이렇게 한국 문화가 발전하고 확장되면서 한국어교육의 필요성이 높아지고 이와 함께 문화교육의 필요성도 높아졌다. 한국어교육에서 문화교육이 중요한 이유는 한국어 학습이 단순히 한국어를 기능적으로 익히는 데 있지 않기 때문이다. 외국어로서의 한국어를 학습하는 과정은 한국어를 말하고 쓸 줄 아는 수준에서 나아가 한국의 문화를 알고 받아들이는 과정이 되어야 하기 때문이다.

어떤 언어를 배우기 위해서는 그 언어에 대한 지식뿐만 아니라 언어 사용이라는 기능도 익혀야 한다. 그렇지만 그 단계에 그쳐서는 그 언어를 제대로 안다고 할 수 없다. 왜냐하면 언어에는 사고를 담고 드러내는 기능이 있으며, 그 언어를 사용하는 사람들의 생활과 감수성, 즉 사고의 정수라 할 수 있는 문화적 요소까지 포함되어 있기 때문이다. 그래서 외국에서 한국어를 가르치고 배우는 영역이든, 한국 내에서 외국인을 대상으로 한국어를 가르치고 배우는 다문화 영역이든, 한국어를 기능적 차원에서 구사하도록 하는 데에서 더 나아가 한국의 문화를 교육하는 시각이 반드시 필요하다. 한국어를 외국인에게 가르치는 한국어교육에서 목표로 삼고 있는 언어능력에 문화 능력도 포함된다는 것을 인정한다면 상호문화적 관점은 한국어교육에 매우 유용한 부분이 될 수 있다.

그런데 다른 한편으로 문화교육은 해당 국가의 전반적인 문화를 포괄하는 것이어서 그 범위가 매우 넓다. 그래서 문화교육은 그 내용을 확정 짓기도 어렵지만, 어느 정도의 시간 안에 이루어질 수 있을지 가늠하기도 힘들다. 특히 한국어교육의 경우에는 학습 대상 외국인이 어느 한 국가나 연령에 국한되지 않고, 학습 시간이나 학습의 과정이 특정되지 않는 어려움이 있다.

이렇게 한국어교육이 처한 환경적, 대상적, 내용적 특수 상황을 고려해 볼 때 그 내용과 방법을 세심하게 고민해 볼 필요가 있다. 이는 문화교육에서 다루어질 구체적인 문화의 내용이 무엇인지, 어떻게 가르쳐야 할지 등에 대한 연구의 필요성과 관련된다. 실제적으로 한국어교육의 실천 국면에서 활용될 수 있는 다양한 교육 자료 개발에 대한 요구가 커지고 있는 상황이다. 현재 한국어교육 분야에서 한국 문화교육의 방향이나 방법, 내용 등에 대한 연구가 이루어지고 있고, 실제적인 교육 실천도 실행되고 있지만, 실질적인 교육 자료의 개발과 방법은 지속적으로 강구되어야 할 것이다.

이런 맥락에서 한국 고전 서사와 성경 이야기는 한국어교육의 자료로서, 또한 좋은 한국어 문화교육 자료로서 가치와 활용 가능성이 높다고 판단된다. 한국의 고전 서사와 성경 이야기가 지니는 공통점은 문화적 보편성으로 학습자의 접근성을 높이는 매개체가 될 수 있다. 그리고 한국 고전 서사와 성경 이야기의 차이는 상호문화적 이해가 필요한 부분으로 교육의 대상이자 내용이 될 것이기 때문이다.

우리의 고전 서사는 동아시아 속의 한국이라는 지역 문화적 특성을 갖고 있고, 성경 이야기는 유대인에게서 시작되었으나 유럽, 미국 등 전 세계 문화로 전파되어 국제적인, 전 지구적인 보편성을 지닌다. 그래서 우리의 고전 서사와 성경 속 이야기의 유사성을 찾아보는 작업은 우리 고전 서사의 보편성을 확인하는 의미를 가진다. 그리고 우리 고전 서사의 보편성은 외국인 학습자가 다른 문화적 기반을 갖고 있음에도 불구하고 한국어와 한국 문화에 친근함을 갖고 접근할 수 있는 매개체로 작용할 수 있다.

그렇지만 이 연구의 목표가 한국어교육의 방법, 실천까지를 다루고자 하는 것은 아니다. 한국의 고전 서사와 성경의 이야기를 비교하며, 그 유사성과 차이를 살펴봄으로써 상호문화적으로 접근할 수 있는 가능성을 살피고자 하는 것이다. 이 글에서는 상호문화교육의 내용이 마련될 수 있다는 차원에서 한국 고전 서사와 성경 속 이야기를 비교해 보고자 한다.

II. 버려진 아기: 바리데기와 모세

1. 이야기 읽기

우리 고전 서사와 성경에서는 출생을 축하받지 못하고 버려지는 아기들의 이야기를 볼 수 있다. 이 아기들은 부모의 의사와 상관없이 강제적으로 버려지기도 하고, 부모에 의해 자발적으로 버려지기도 한다. 태어날 때부터 버려질 수밖에 없는 상황에서 태어났기 때문이다. 이런 이야기는 아직 엄마의 품에 있어야 할 어린 아기가 부모의 손에서 떠나 버려지는, 아기가 죽을 수도 있는 절박하고 비극적인 상황에서 시작된다.

이러한 이야기의 존재는 버려진 아기의 운명이 어떻게 될지에 대한 이야기가 아주 오랜 옛날부터 사람들의 관심을 끌 만한 것이었음을 말해 준다. 그리고 동시에 아주 오래 전부터 아기가 버려지는 일들이 이미 있었음을, 어쩌면 자주 있었던 일임을 시사한다. 새롭게 태어난 귀한 생명인 아기를 버릴 수밖에 없는 상황과 이유가 있었을 터이지만, 버리는 부모의 심정이나 버려져 고아로 혹은 남의 손에서 자라야 하는 아이들의 입장을 생각해 보면, 이런 일을 겪는 이들은 말로 표현할 수 없을 만큼 매우 괴롭고 슬펐을 것이다.

버려질 수밖에 없는 아기로 태어난다는 운명적 비극성 때문인지, 아니면 버려진 아기가 자기를 낳아준 부모가 아닌 사람들에게서 자란다는 극적인 상황 때문인지 단정 지을 수는 없으나 버려진 아기의 이야기들은 일반적으로 영웅 이야기 속에 포함되어 전승되며 향유되어 왔다. 영웅 이야기 속에서 버려진 아기는, 태어난 지 얼마 되지 않아 산이나 물에 버려지지만 누군가에 의해 구출되고 장성한 후 높임 받는 존재로 성장한다.

이러한 버려진 아기를 소재로 한 이야기에 대해 한국의 고전 서사에서는 바리데기 이야기를, 성경에서는 모세 이야기를 선정하여 살펴보고자 한다. 우선 바리데기 이야기와 모세 이야기의 전체 서사를 줄거리나 원문으로 확인해 보고, 이들 이야기를 서사적, 구조적 측면에서 비교해 본 후 상호문화적 관점에서 고찰해 볼 것이다.

우선 바리데기 이야기를 다음과 같이 재구성하여 보았다.

　옛날 옛날 오구대왕이 살았다. 오구대왕은 스무 살에 길대부인과 결혼하여 나이 삼십에 자식을 얻게 되었다. 길대부인이 첫아이를 낳았는데 딸이었다. 그리고 둘째 아이를 낳았는데, 둘째도 딸이었다. 길대부인이 낳은 셋째 아이도 딸, 넷째 아이도 딸, 다섯째 아이도 딸, 여섯째 아이도 딸이었다. 길대부인이 딸 여섯을 낳고 나니 어안이 벙벙하고 기가 막혔다. 그제야 딸들의 이름을 지었는데, 첫째 딸 이름은 천상금아, 둘째 딸 이름은 지상금아, 셋째 딸 이름은 해금아, 넷째 딸 이름은 달금아, 다섯째 딸 이름은 별금아, 여섯째 딸 이름은 원앙금아였다.

　길대부인은 자신이 왕비가 되어 딸 여섯만 낳고 나니 걱정이 되었다. 마음이 답답하여 어떻게 해야 할지 근심하여 꽃밭에 물을 주러 가기로 하였다. 그때 밖에서 대문을 두드리는 스님이 있었다. 스님이 시주를 받으러 왔다 하니 길대부인이 백미를 부어주었다. 그러자 스님이 길대부인에게

　"아들을 못 낳아 그렇게 근심이 많은데 그것을 누가 알겠는가?"

　하니 길대부인이

　"아이고, 스님! 제가 자식 걱정으로 한이 쌓이는 것을 어찌 그리

잘 아십니까? 제가 어떻게 해야 아들을 낳을 수 있겠습니까?"

라고 물으니 스님이 자신의 절 부처님이 영험하니 공양미 삼백 석과 돈 천 양을 시주하고 또 여러 가지를 시주하여 석 달 열흘 간 백일기도를 드리면 왕자를 얻을 것이라고 하였다.

이 말을 듣고 길대부인은 바로 오구대왕님께 달려갔다. 길대부인은 오구대왕에게 스님에게 들은 이야기를 전하고 아들 낳을 방법을 의논하였다. 그리고 길대부인은 석달 열흘 기도를 드렸는데, 백일기도를 마치고 집에 와서 꿈을 꾸었다. 꿈에 아름다운 선녀가 나타나 옥황상제에게 잘못하여 인간세계로 가게 되어 오구대왕과 길대부인에게 찾아왔다고 하였다.

길대부인은 꿈을 꾼 후 아이를 가졌다. 열 달이 지나자 드디어 아이를 낳을 때가 되었다. 왕자가 태어날 것을 기대하며 아이를 낳았는데, 왕자가 아니라 딸이었다. 왕비는 너무나 상심하여 기절해 버렸다. 기절했던 길대부인이 정신을 차리고 일어나서

"공들여 낳은 자식이 딸이라니 웬 말인가? 차라리 소 마구간에나 갖다 버려라, 소 짐승이나 잡아먹게. 말 마구간에나 갖다 버려라, 말 짐승이나 잡아먹게."

라고 명하였다.

길대부인의 말대로 소 마구간, 말 마구간에 아기를 갖다 놓으니 아름다운 빛이 가득하였다. 그래서인지 소나 말이 아기에게 접

근하지도 못했다.

이때 오구대왕이 태어난 아기가 왕자인지 공주인지 물었다. 시종이 공주가 탄생했다는 말을 전하자 오구대왕은 앉았다가 벌떡 일어서며

"그것이 참말이냐! 딸을 여섯 낳고 공들여 기도하면 아들을 낳으리라 했는데, 또 딸을 낳았다니 네가 나를 속이는 것이 분명하다!"

라고 하였다. 시종이

"아이고, 오구대왕님 앞에서 누가 감히 속이겠습니까?"

하니 오구대왕이

"이놈아, 그 말이 사실이라면, 아기를 저 멀리 산에 가서 버리라고 여쭈어라. 만일 아기를 버리지 아니하면 벼락이 떨어질 것이라고 하여라."

하였다. 그래서 아기는 포대기에 싸여 깊은 산속에 버려졌다. 왕비는 산에 아기를 두면서 슬프게 울며

"내 딸아, 내 공주야! 마지막으로 내 젖이나 한번 먹어라."

하고, 버리고 가는 자식, 죽지 않고 만날 날이 있을지 모르니 버렸다가 얻은 자식이라는 뜻으로 공주의 이름을 바리데기라고 지었다. 바리데기라는 이름을 손가락에 피를 내어 혈서로 써서 아기의 가슴에 넣어 두고, 왕비는 돌아왔다. 버려진 아기 바리데기

공주가 산속에 홀로 있는데, 신기하게 청학 백학이 한 마리 날아와서 바리데기를 채어 어디론가 날아가 버렸다.

한편 오구대왕은 공주를 버리라고 한 뒤 방안에 맥없이 누워 울기만 했다. 그렇게 날이 가고 해가 가니 오구대왕은 병이 들기 시작했다. 어디가 아픈지 어디가 슬픈지 모르게 병이 들기 시작했다.

이때 청학 백학이 아기를 정성 들여 키우는데, 바위 위에 아이를 눕혀 놓고 한쪽 날개는 깔고 한쪽 날개는 덮어 젖을 먹였다. 그렇게 하루 가고 이틀 가니 아기가 아장아장 걷고, 방긋방긋 웃으며 잘 자랐다. 바리데기가 잔병 하나 없이 고이고이 자라나니 한 살 먹고, 두 살 먹고, 세 살 먹고 나니 공부를 하기 시작했다. 하늘에서 내려 올 때에는 청학 백학이었는데 이제는 선녀가 되었다. 선녀가 산중에 집을 지어 놓고 아기를 키우니, 바리데기가 다섯 살, 여섯 살이 되었다. 바리데기가 공부를 하니 그때 그 시절에 있던 글들은 모두 배웠다.

시간이 흘러 흘러 오구대왕은 병이 들어 거의 죽게 되었는데 온 나라의 유명한 의사들이 다 와서 보아도 그 병을 고칠 수 있는 사람이 없었다. 아무리 해도 병을 고칠 수 없으니 오구대왕은 죽을 날만 기다리고 있었다. 이런 상황이 되니 오구대왕은 누워서 한탄만 할 뿐이었다.

"나는 어찌할꼬? 나 죽고 나면 왕위는 누구에게 물려주나? 세상천지 의사들이 다 와도 내 병을 고칠 사람 하나가 없구나!"

길대부인이 답답하여 오구대왕을 어떻게 살릴 수 있을지 알아보니 이 세상에는 약이 없고 약수 삼천리 서천서역국에 있는 약을 써야 고칠 수 있다 하였다. 이 말을 듣고 길대부인이 여섯 딸들을 불러 누가 약을 구해올지 물었다.

"천상금아, 지상금아, 해금아, 달금아, 별금아, 원앙금아! 너희 아버지가 병이 들어 거의 죽게 되었으니 약을 좀 구해오거라."

첫째 딸이 하는 말이

"아이고, 어머니. 별말씀 다 하십니다. 아버지께서는 이왕지사 돌아가시게 되었으니 아버지 말문 막히기 전에 어느 사위에게 왕위를 물려주실지 먼저 말씀하시라고 여쭈십시오."

하는 것이었다. 길대부인이

"아이고, 요망하다. 듣기 싫으니 나가거라."

하니 둘째 딸이 들어와서

"아이고, 어머니. 저를 왜 부르셨나요? 논을 주려고 하시나요, 밭을 주려고 하시나요?"

하니 길대부인이

"아이고, 이것아. 너는 들어오자마자 논 달라, 밭 달라 하니 내가 할 말이 없구나. 너의 아버지가 병이 들어 거의 죽게 되었으니 약을 좀 구해오거라."

하니

"어머니, 어머니. 아버지 말문 막히기 전에 살림살이, 논밭 땅 우리 딸 여섯에게 똑같이 나누어 주세요."

하였다. 그리고 셋째 딸이 들어오더니

"아이고, 어머니. 저를 왜 부르셨나요?"

하니 길대부인이

"얘야, 약 좀 구하러 가거라. 너의 아버지 구할 약 좀 구해오너라."

했더니

"아이고, 어머니. 제 배를 한 번 보세요. 아기 낳을 날이 오늘, 내일 하는데 언제 약을 구하러 갈 수 있겠어요?"

했다.

"오냐, 너는 사정이 그러니 못 가겠구나. 그럼, 별금아! 네가 약 좀 구해오너라."

넷째 딸이 들어와서

"어머니, 어머니. 아시다시피 제 시아버지 돌아가신 지가 아직 삼 년이 지나지 않았는데요. 제가 상복을 입고 어떻게 약을 구하러 가겠습니까?"

하였다. 그리고 다섯째 딸이 들어와서

"어머니, 어머니. 아시다시피 내일 모레 시누이가 시집가는데, 제가 음식 장만을 해야 해서 갈 수가 없어요."

하였다. 또 여섯째 딸이 들어와서

"어머니, 아시다시피 제가 시집간 지 이제 겨우 석 달째예요. 신랑이 제 얼굴을 하루라도 못 보면 죽을 듯하고, 저도 신랑 얼굴 하루라도 못 보면 못 살 것 같아 도저히 약을 구하러 갈 수가 없어요."

하였다. 길대부인은 그제야

"아이고, 아이고, 이것들아. 모두 나가거라. 딸은 부모 심정 잘 안다더니 우리 딸 여섯은 부모 한탄밖에 안되는구나. 아버지가 죽게 되었다는데 약 구하러 가겠다는 딸이 하나도 없으니, 누가 약을 구하겠는가? 내가 나이라도 젊었으면 약을 구하러 갈 텐데. 하지만 내가 약을 구하러 가면 병간호는 누가 하겠는가?"

하며 한탄하고 오구대왕 팔다리를 주무르기 시작했다. 그러다 보니 옛날에 버린 자식이 생각났다.

"바리데기 버린 지가 십오 년이나 지났는데, 그 자식을 죽으라고 버렸는데, 지금 살았을까? 죽었을까? 눈먼 자식이 효도한다는데, 그때 버린 그 자식이 약을 구해올까?"

하며 왕비가 꾸벅꾸벅 졸았다. 그때 꿈에 백발노인이 나타나서 바리데기가 죽지 않았다고 알려주었다. 왕비는 바리데기가 죽지 않고 살아 있다는 꿈을 꾸고 나서 바리데기를 찾으러 갔다.

이때 바리데기에게 산신령이 나타나서 알려주었다.

"공주야, 공주야. 이리 와서 내 말 들어라. 너는 이 산의 사람이
아니고 오구대왕님의 일곱째 공주이다. 네가 이 산에서 십오 년을
살면 너의 어머니가 찾아올 것이다. 너의 어머니는 네가 아버지를
만나고, 서천서역에 가서 병든 아버지를 고칠 약을 구하라고 할
것이다."

이 말을 듣고 바리데기가 엄마를 찾아 산에서 내려갔다.

"엄마, 엄마, 우리 엄마는 어디 있나요? 우리 아버지 찾아가고
싶어요. 우리 아버지 찾아갈래요."

그때 길대부인이 바리데기가 부모를 찾아다니는 것을 보았다.
그래서 바리데기를 붙들고 물었다.

"아가씨, 아가씨. 아가씨는 누구를 찾고 있나요? 부모는 누구
인가요?"

"여보세요, 부인. 저는 오구대왕님과 길대부인을 찾아갑니다."

"아니, 그러면 네가 바리데기란 말이냐? 그런데 네가 바리데기
인 것을 어떻게 안단 말이냐?"

하니 바리데기가 자기 품에서 혈서로 바리데기라고 쓴 글을 꺼
내어 보여주었다. 그제야 길대부인이 자기 딸 바리데기인 줄 알
고, 바리데기를 안고 기뻐하며 궁궐로 돌아왔다. 바리데기는 궁

고전 서사와 성경 이야기

궐에서 자신의 아버지를 만나 눈물을 흘리며

"아버지, 걱정하지 마옵소서. 서천서역의 약을 구하여 아버지 병을 고쳐드릴 테니 걱정하지 마옵소서."

하였다. 바리데기는 남자 옷을 입고 서천서역으로 약을 구하러 길을 떠났다. 깊은 산속을 지나 고개를 넘어 서천 서역을 찾아갔다. 바리데기는 서천 서역을 찾아가는 길에 마고할미도 만나 길을 묻고, 논을 가는 노인에게도 물어 길을 갔다.

바리데기는 수많은 고개를 건너고 강을 건너 가다가 동수자를 만났다. 바리데기는 동수자에게 자신을 남자라고 속였다가 여성임을 들키게 되어 동수자와 백년가약을 맺었다. 바리데기는 동수자에게 백년가약을 맺었으니 약이 있는 곳을 알려 달라고 하였다. 그렇지만, 동수자는 바리데기가 아들 삼 형제를 낳아야 약 있는 곳을 가르쳐 주겠다고 하였다. 바리데기가 이 말을 듣고

"여보세요, 동수자님. 아들 삼 형제 낳고 나면 아버님은 병들어서 땅속에 들어가고 안 계실 것입니다. 그러니 어떻게 아버지 병을 고치겠습니까?"

하니 동수자가

"사람 살리는 오색 꽃이 있어서, 그 꽃을 구하면 사람을 살릴 수 있다 한다. 그 꽃만 있으면 땅속에서 뼈가 썩고 살이 썩은 사람이라도 다시 살릴 수가 있다."

라고 하였다. 바리데기가 그제야 안심하고 아들 삼 형제를 낳기 시작했다. 바리데기는 일 년에 하나씩 아들을 낳아 삼 년 만에 아들 셋을 낳았다.

바리데기가 아들 삼 형제를 낳고 나니, 동수자가 바리데기에게 이제 약 있는 곳을 알려줄 테니 따라오라고 하였다. 바리데기가 동수자를 따라가자 오색 꽃이 피어 있는 곳이 있었다. 바리데기가 꽃을 꺾어 들었는데, 동수자가 말하기를 아버지 병 고칠 약을 구하기 위해서는 삼 천 리를 더 들어가야 한다고 했다.

바리데기는 염불을 외우면서 약수 삼 천 리를 갔다. 약수에 도착하니 아름다운 기운이 가득하고 연꽃이 가득 피어 있으며 앵무새, 공작새, 두견새들이 이리저리 날아다니고 있었다. 만학천봉 아래로 내려다보니 거북이 앉아 있었다. 그 거북이 입에서 침이 떨어져야 약물이 나온다고 하니 바리데기가 석 달 열흘 백일기도를 드리기 시작했다. 바리데기가 백일기도를 드리고 나니 거북이 입에서 침이 떨어지기 시작했다. 바리데기는 병에 거북이 침 열 방울을 받아서 품에 안고 돌아왔다.

바리데기가 동수자 집에 돌아오니 아들 삼 형제가 바리데기를 보고

"아이고, 엄마, 엄마. 배고파요. 밥 좀 줘요."

하였다. 바리데기가 이 자식들을 두고 가자 하니 발이 안 떨어

져 못 가겠고, 데리고 가자 하니 앞일이 걱정이었다. 하는 수 없이 바리데기가 아들 하나는 걸리고, 아들 하나는 업고, 또 다른 아들 하나는 안고 길을 떠났다. 이때 동수자가 바리데기에게 책 하나를 주면서 필요할 때가 있으리라 하였다.

바리데기가 아들 삼 형제와 함께 돌아오는데, 삼천 군사가 길을 막았다. 바리데기는 동수자에게서 받은 책을 펼쳐 그 고난을 이겨내었다. 바리데기가 마침내 약을 들고 아버지에게 왔을 때에는 아버지는 이미 돌아가시고 장례 중이었다. 바리데기가

"아버지여, 아버지여. 바리데기가 약수 삼천리에 가서 약을 구해 왔습니다. 아버지여, 정신을 차리고 소녀를 보옵소서."

하며 상여를 붙들고 울었는데도 여섯 딸들과 사위들은 비웃으며 장례를 계속 진행했다.

그런데 그때 바리데기가 동수자에게서 받은 책을 펼쳐 읽으니 갑자기 상여가 딱 멈춰버렸다. 상여 메고 가던 사람들의 발이 땅에 붙어 꼼짝을 못하니 문무백관들이 바리데기 공주 앞에서 와서 빌었다.

"죽여 주옵소서. 살려 주옵소서. 우리가 죽을죄를 지었습니다."

공주 여섯과 사위 여섯은 모두 도망가 버렸다. 혹시 자기들 다리가 땅에 붙을까 싶어 도망가 버리고 없었다. 바리데기는 관 속

에 있는 아버지 몸에 꽃을 놓고 병에 담아 온 거북이 침을 방울방울 떨어뜨렸다. 이렇게 바리데기는 자기가 구해 온 약물로 아버지를 살려내었다. 다시 살아난 오구대왕과 길대부인, 바리데기와 아들 삼 형제 등 모든 가족이 서로 기뻐하며 잘 살았다.[12]

바리데기 이야기는 원래 무속으로 전해지는 신화, 즉 서사무가로 전해진다. 서사무가의 갈래적 성격을 말하자면 구비서사시이기에 이야기를 노래로 부르는 특성을 갖고 있다. 위에서 재구성한 바리데기 이야기는 서사시의 형태를 이야기 서술로 바꾸어 쓴 것이다.

바리데기는 무속 신의 하나로, 서사무가 속에서는 바리데기가 어떻게 신이 되었는지를 설명하고 있다. 부모에게 버림받았으나 아버지를 살리기 위해 온갖 고난을 무릅쓰고 마침내 약을 구하여 아버지를 살려낸 바리데기는 나중에 신이 된다. 말하자면 바리데기 이야기는 바리데기가 태어나서 여신이 되기까지의 이야기라 할 수 있다.

서사무가는 굿을 하며 늘어놓는 사설이기에 작가를 특정한

---

12 이 바리데기 이야기는 '서대석, 박경신, 『서사무가 Ⅰ』, 고려대학교 민족문화연구원, 2015'의 〈바리데기 무가〉를 읽기 좋게 정리한 것이다. 이후 여기서 인용한 글에서는 이 책의 쪽수만 표기하도록 한다.

누구로 지정할 수 없고, 오랜 시간 이어져오며 집단적으로 향유되었기에 굿에 참여하는 사람들이라면 모두 공유하는 이야기라 할 수 있다. 바리데기 이야기를 향유 양식의 측면에서 보면 서사무가이지만, 사설 즉 이야기로서의 속성을 중심으로 보면 신화에 속한다. 위의 바리데기 이야기를 줄거리[13] 중심으로 주요 서사를 구조적으로 정리하면 다음과 같다.

---

13 바리데기 이야기를 줄거리로 정리해 보면 다음과 같다.

옛날 어느 나라 왕이 나이 삼십에야 자식을 얻었다. 그런데 첫째도 딸, 둘째도 딸, 셋째도 딸, 넷째도 딸, 다섯째도 딸, 여섯째도 딸이었다. 딸 여섯을 낳고 나서 시주 온 스님에게서 쌀과 돈 등을 많이 시주하고 석 달 열흘 백일기도를 드리면 왕자를 얻을 수 있다는 말을 들었다. 그래서 시주도 하고 백일기도를 하고 나서 태몽을 꾸고 아이를 낳았는데 또 딸이었다. 왕과 왕비는 일곱째 딸을 산속에 버린다.

버려진 아기 바리데기를 청학 백학이 선녀가 되어 키운다. 아기는 걷기도 하고 공부도 하며 자란다. 한편, 왕은 아기를 버린 뒤 병이 들기 시작한다. 병든 왕을 살리기 위해 부인이 딸들을 불러 약물을 구해오도록 한다. 그러나 어떤 딸도 약을 구하러 가겠다고 하지 않는다.

왕후는 십오 년 전 자신이 버린 자식을 생각하고, 어쩌면 그 자식은 약물 구하러 갈지 모른다고 생각하며 울다가 잠이 든다. 꿈에 백발노인이 바리데기가 죽지 않았다고 하는 말을 듣고 부인이 바리데기를 찾아간다. 바리데기를 찾은 왕후는 약물을 구하여 병든 아버지를 고쳐 달라고 한다. 아버지를 만난 바리데기는 남복을 지어 입고 약을 구하러 서천서역으로 떠난다. 바리데기가 약 찾으러 가던 길에 동수자를 만나 약을 구하기 위해 백년가약을 맺고 아들 삼 형제를 낳는다. 아들 셋을 낳은 후 바리데기는 약수 삼천리를 가서 석 달 열흘 백일기도를 드리고 나서 거북이 입에서 떨어지는 침 열 방울을 받아 돌아온다. 바리데기가 오는 길에 자신의 아들 삼 형제를 데리고 많은 고난을 이겨 낸다. 마침내 약물을 들고 아버지에게로 왔을 때에는 이미 장례 중이었으나 바리데기는 장례를 멈추게 하고 자기가 구해온 약물로 아버지를 살려낸다.

(ㄱ) 바리데기는 일곱째 딸로 태어나 부모의 원망을 받는다.

(ㄴ) 바리데기는 돌아올 수 없는 곳(산, 강)에 버려진다.

(ㄷ) 버려진 바리데기를 선녀가 키운다.

(ㄹ) 15세가 된 바리데기는 아버지를 살리기 위해 약을 찾으러 간다.

(ㅁ) 바리데기가 약을 찾으러 다니다 결혼을 하고 삼 형제를 낳는다.

(ㅂ) 바리데기는 삼 형제를 낳은 후 약을 구한다.

(ㅅ) 바리데기가 죽은 아버지를 살린다.

이제 성경에 있는 이야기로 옮겨가 보자. 바리데기 이야기와 비교해서 읽을 만한 성경 이야기로 모세 이야기를 선정해 보았다. 모세에 대한 이야기는 성경의 〈출애굽기〉에 나온다. 모세의 출생과 성장을 중심으로 다음과 같이 이야기를 재구성해 보았다.[14]

---

14 모세의 생애에 대한 이야기는 주로 〈출애굽기〉에 서술되어 있다. 여기서는 모세의 출생에서부터 모세가 이스라엘을 애굽에서 데리고 나오는 데까지의 이야기를 재구성하였다.

이때는 이스라엘이 애굽의 통치 아래 있었던 시절이었다. 이스라엘은 애굽에서 매우 많아지고 강하여져서 온 땅에 가득할 정도였다. 애굽의 새로운 왕이 이스라엘 백성이 커지는 것을 보고 염려하여 명령을 내렸다.

"이스라엘의 자손이 우리보다 많고 강하구나. 그들이 우리보다 더 많아지면 전쟁이 일어날 때 우리의 적과 하나가 되어 우리와 싸우고 이 땅에서 나갈까 걱정된다. 이제부터 이스라엘 사람에게 일을 더 많이 시키고 무거운 짐을 지워 괴롭게 하라."

그런데 이스라엘은 학대를 받으면 받을수록 더욱 많아졌다. 애굽 사람들이 이스라엘 자손 때문에 근심하여 더 어려운 노동으로 일을 엄하게 시켜 생활을 괴롭게 하였다. 이스라엘 백성은 건물을 건축하는 일에 동원되어 주로 흙을 옮기고 벽돌을 굽기도 하고 농사를 짓기도 하였는데 그 일들이 모두 힘들고 엄하였다.

어느 날 애굽 왕이 이스라엘에서 아이 낳는 일을 도와주는 산파들을 불러

"너희는 이스라엘 여인이 아이를 낳을 때에 그 자리에 가서 내가 시키는 대로 하여라. 태어나는 아기가 아들이면 죽이고, 딸이면 살려두라!"

하였다. 그렇지만 그 사람들이 하나님을 두려워하여 남자 아이를 죽이지 못하고 숨기니 이스라엘 백성들은 여전히 많아지고 강

해졌다. 애굽 왕은 마침내 모든 백성에게 명령하기를

"이스라엘 사람 집에 아들이 태어나면 나일강에 던져버리고 딸이 태어나면 살려두라."

하였다.

이러한 시절에 어느 이스라엘 가정에서 아들이 태어났다. 그 아들을 낳은 여인은 자신의 아들이 잘 생긴 것을 보고 차마 버리지 못하여 석 달 동안이나 숨기고 있었다. 그렇지만 이제 더 이상 숨길 수 없는 지경이 되었다. 그 여인은 물이 새지 않게 잘 칠한 갈대 상자에 아기를 담아 나일강가의 갈대 사이에 두었다. 그리고 그 아기의 누이는 자신의 동생이 어떻게 되는지 보려고 멀리 서서 지켜보고 있었다.

이때 애굽 왕의 딸이 목욕하러 나일강으로 내려왔다. 애굽 공주가 갈대 사이의 상자를 발견하고 시녀에게 가져오도록 하였다. 갈대 상자를 열어보니 그 안에서 아기가 우는 것 아닌가! 애굽 공주는 그 아기를 불쌍히 여기고

"이 아기는 이스라엘 사람에게서 태어났구나."

하였다. 그때 아기의 누이가 애굽 공주에게 다가가서

"제가 공주님을 위하여 이스라엘 여인 중에서 유모를 구해 볼까요? 아기에게 젖을 먹일 수 있는 유모가 필요한 것 같아요."

하니, 공주가

"그럼, 가서 데려와 보거라."

하였다. 그 소녀는 아기의 어머니를 유모로 불러왔다.

애굽 공주는 유모로 온 아기 어머니에게 아기를 기를 것을 명하였다. 그래서 아기를 낳은 어머니는 아기의 유모가 되어 아기를 길렀다. 애굽 공주는 그 아기를 아들로 삼고, 이름을 모세라 하였는데, 그 뜻은 '내가 그를 물에서 건져내었다.'였다.

모세는 무럭무럭 잘 자랐는데, 어느 날 애굽 사람이 노동하던 이스라엘 사람을 치는 것을 보게 되었다. 모세는 주변에 사람이 없는 것을 보고 그 애굽 사람을 죽이고 모래 속에 감추었다. 다음 날 그곳에 나갔는데 이스라엘 사람들끼리 다투는 것을 보고

"여보시오. 왜 동포끼리 싸우는 것이오."

하며 말렸다. 그랬더니 그 사람들이

"네가 우리를 다스리는 사람이냐? 네가 애굽 사람을 죽인 것처럼 나도 죽이려 하느냐?"

하는 것이었다. 모세는

"아! 내가 한 일이 다 알려졌구나."

하고 두려워하였다.

그런데 애굽의 왕이 이 일을 듣고 모세를 죽이려고 찾자 모세는 왕을 피해 도망하였다. 숨어 지내던 모세는 한 여인과 결혼하고 아들도 낳았다. 모세는 양 떼를 치며 지냈는데 그러던 어느 날

떨기나무 가운데 나타나신 하나님을 만났다. 불의 모습으로 나타난 하나님은 모세에게

"모세야, 나는 너의 하나님, 네 조상들의 하나님이다. 내가 애굽에 있는 이스라엘 백성의 고통을 보고, 그 근심을 들었다. 내가 이스라엘 백성을 애굽 사람들의 손에서 건져내어 아름답고 광대한 땅으로 데려가려고 한다. 그러니 모세야, 이제 가라! 내가 너를 새로운 애굽 왕에게 보내어 이스라엘 자손을 애굽에서 인도하여 낼 것이다."

라고 명령하셨다. 모세는

"제가 누구이기에 애굽 왕에게 가며, 이스라엘 자손을 인도하겠습니까?"

하였다. 하나님은

"내가 반드시 너와 함께 하겠다. 너는 이스라엘 백성에게 가서 내가 너를 보냈다고 하라."

하시고 지팡이를 모세에게 주시며, 모세의 형 아론과 함께 애굽 왕에게 가라고 명하셨다.

이스라엘의 지도자가 된 모세는 아론과 함께 애굽 왕에게 가서

"이스라엘의 하나님께서 '내 백성을 보내라.'라고 하십니다."

라고 하였다. 애굽 왕은 모세에게

"하나님이 누구이기에 내가 그 목소리를 듣고 이스라엘을 내보

내겠느냐. 내가 그를 알지 못하니 이스라엘을 보내지 아니할 것이다."

라고 하였다. 모세는 실망하여 돌아갔다. 그렇지만, 하나님께서 모세에게 다시 말씀하시기를

"너와 아론은 애굽 왕에게 가서 기적을 보이고 내 백성을 보내라 하라."

하셨다.

모세가 아론과 함께 애굽 왕에게 갔다. 그리고 애굽 왕 앞에서 지팡이를 던져 뱀으로 만드는 기적을 행하였는데, 애굽의 요술사들도 뱀을 만들었다. 그러니 애굽 왕이 모세의 요청을 완강하게 거절하였다.

다음에 모세는 하나님의 명에 따라 나일강을 지팡이로 쳤다. 모세가 지팡이로 나일강을 치니 나일강이 피로 변하여 악취가 나고 물고기가 다 죽으며 사람들이 마실 물이 없었다. 이런 고생을 하면서도 애굽 왕은 자기 나라 요술사들도 할 수 있는 일이라고 하며 관심도 갖지 않았다.

모세가 나일강을 친 지 7일이 지난 후 하나님께서 모세를 애굽 왕에게 보내시며

"이스라엘 백성을 보내라. 네가 이를 거절하면 이스라엘의 하나님이 개구리로 너의 온 땅을 칠 것이다. 개구리가 나일강에서

무수히 올라와서 네 궁궐과 침실과 음식과 네 신하, 네 백성의 모든 집과 그릇에 들어갈 것이다."

라고 말하라고 하시었다.

아론이 애굽의 물들 위에 손을 내미니 개구리가 온 땅을 덮었고, 요술사들도 자기 요술을 부려 개구리가 애굽 땅에 올라오게 하였다. 애굽 왕이 그때 모세와 아론을 불러

"하나님께 기도하여 나와 내 백성에게서 개구리가 떠나가도록 해라. 그럼 내가 이스라엘을 보내겠다."

하였다. 모세가 애굽 왕의 요청대로 하였으나, 애굽 왕은 이스라엘을 놓아주지 않았다.

하나님께서 모세를 부르셔서

"아론에게 지팡이를 들어 땅의 티끌을 치라고 해라. 그러면 티끌이 모두 이가 될 것이다."

하시니 모세와 아론이 그대로 하였다. 그러니 애굽의 온 땅에 이가 끓어 사람과 가축에게 올랐다. 애굽의 요술사들도 이를 생기게 하려 하였으나 이번에는 하지 못했다. 그래도 애굽 왕이 이스라엘을 보내주지 않았으니 그 모든 것이 하나님이 말씀하신 것과 같았다.

다음으로는 파리 떼가 생겼는데 이스라엘 사람들이 지내는 곳에는 없고, 애굽 사람들이 거주하는 곳에만 들끓었다. 애굽 왕과

신하의 집, 온 애굽 땅이 파리 떼로 덮이니 애굽 왕 바로가 모세와 아론을 불러,

"너희는 가서 너희 하나님께 제사를 드리고, 나를 위해 파리 떼가 떠나가게 하라."

라고 하였다. 애굽 왕의 약속을 받고 모세가 기도하니 파리 떼가 모두 없어졌다. 그렇지만 애굽 왕은 다시 약속을 지키지 않았다.

하나님께서는 모세에게 애굽 왕 바로에게 가서

"하나님께서 이스라엘 백성을 보내라고 하신다. 만약 이것을 거절하고 잡아두면 애굽의 모든 가축에게 전염병이 돌 것이다. 하지만 이스라엘 가축은 그렇지 않을 것이다."

라고 전하라고 하셨다. 그 다음날 애굽의 모든 가축은 죽었으나 이스라엘의 가축은 하나도 죽지 않았다. 그러나 애굽 왕은 이스라엘을 내보내지 않았다. 그러자 하나님께서 모세에게 애굽 왕 앞에서 재를 하늘에 날리라고 하셨다. 모세가 재를 날리자 그 재들이 온 땅의 티끌이 되어 애굽 사람들과 짐승에게 붙어서 악성 종기가 생기게 하였다. 그러나 애굽 왕은 여전히 이스라엘을 보내주지 않았다.

이후에도 우박이 애굽 사람과 짐승과 채소에 떨어지게 하고, 메뚜기가 애굽을 덮어 모든 것을 먹어 치우게 하고, 애굽이 삼 일

동안 흑암에 잠기게도 하였다. 애굽 왕은 재앙이 생겼을 때에는 이스라엘 사람들을 보내주겠다고 했다가, 재앙이 사라지면 다시 마음을 바꾸어 이스라엘을 보내주지 않았다.

그러자 하나님이 마지막으로 이 재앙 이후에는 애굽 왕이 이스라엘을 내보내주리라 하셨다. 그 재앙은 이런 것이었다. 애굽 땅에서 모든 처음 난 것, 애굽 왕의 장자로부터 몸종의 장자와 모든 가축의 처음 난 것까지 모두 죽는 재앙이었다. 이 재앙 이후 마침내 모세는 애굽에서 이스라엘 사람들을 이끌고 나오는 데 성공하였다.[15]

---

15 이를 줄거리로 정리하면 다음과 같다.

이스라엘이 애굽의 통치 아래 살던 시절이었다. 애굽의 새로운 왕이 이스라엘 자손이 많아지는 것을 우려하여 괴롭히기 시작했다. 그런데 계속해서 이스라엘 사람들이 많아지니, 애굽 왕이 태어나는 아기가 딸이면 살려두고, 아들이면 나일강에 던져 죽이라 하였다.
이때 어느 이스라엘 가정에서 아들이 태어났다. 그 아들을 낳은 여인은 자신의 아들이 잘 생겨 버리지 못하고 석 달 동안 숨겼으나 더 이상 숨길 수 없게 되자, 갈대 상자에 아기를 담아 나일강가의 갈대 사이에 두었다. 그러고서는 아기의 누이가 어떻게 되는지 보려고 멀리 서서 지켜보고 있었다. 이때 애굽 왕의 딸이 목욕하러 나일강에 왔다가 갈대 사이의 상자를 발견하여 열어보고 그 안에 있던 아기를 보았다. 왕의 딸은 그 아기를 불쌍히 여겨 이스라엘 사람 중 유모를 구하라고 하니, 아기의 누이가 그 어머니를 유모로 불러온다.
아기의 어머니는 아기의 유모가 되어 아기를 길러, 애굽 왕의 딸에게 데려간다. 애굽 왕의 딸은 그 아기를 아들로 삼고, 이름을 모세라 하였는데, 이는 '내가 그를 물에서 건져 내었다.'는 뜻이다. 모세가 장성한 후 애굽 사람이 노동하던 이스라엘 사람을 치는 것을 보고, 그를 죽이고 도망한다. 숨어 지내던 모세는 한 여인과 결혼하고 아들을 낳는다. 모세는 양 떼를

고전 서사와 성경 이야기

〈출애굽기〉는 영어로 제목이 'EXODUS'인데, '탈출'이라는 의미를 지니고 있다. 여기서 '애굽'은 국가 명칭으로 하자면 나일강을 끼고 있는 이집트에 해당하므로, '출애굽'은 이집트를 탈출한다는 뜻이다. 이스라엘 민족이 어떻게 아프리카 북단에 있는 이집트까지 가서 살게 되었는지에 대해서는 모세의 선조인 야곱과 관련된 이야기에 나온다.

야곱이 살던 시절에 큰 흉년이 있었는데, 이때 야곱의 아들들이 식량을 구하러 애굽에 오면서 야곱의 잃어버린 아들 요셉을 만나게 된 것이다. 사실 요셉은 그 형들에게 버려진 것이었다. 야곱의 아들들은 모두 열두 명이었는데, 요셉은 열한 번째 아들이었다. 야곱은 특별히 요셉을 사랑하였기 때문에 형들이 질투하기도 하였는데, 요셉이 꾼 꿈 이야기 때문에 그 형들이 미워하여 버린 것이었다. 야곱은 요셉이 죽은 줄로 알고, 요셉은 애굽에 팔려 와서 살다가 애굽의 총리가 된다.

야곱의 아들들은 애굽에 식량을 구하러 와서 자신들이 버린 동생 요셉이 애굽의 총리임을 알게 되고, 야곱의 아들들은 서로 과거의 맺힌 감정들을 푼다. 마침내 야곱도 잃어버린 아들 요셉을 만나고, 야곱의 온 가족이 애굽에 와서 정착하게 된다.

치며 지내다가 하나님을 만나 이스라엘의 지도자가 된다. 모세는 마침내 애굽에서 이스라엘 사람들을 이끌고 나오는 데 성공한다.

〈출애굽기〉에서 애굽의 왕이 이스라엘에서 태어나는 아들을 죽이라는 명령을 하게 된 것은 이 야곱의 가족에서 시작된 이스라엘 민족이 많이 번성하게 되면서 생긴 문제이다. 이러한 〈출애굽기〉에서 모세의 이야기를 다음과 같이 정리할 수 있다.

(ㄱ) 모세는 사랑받는 아들로 태어난다.

(ㄴ) 모세는 강가에 버려진다.

(ㄷ) 모세는 유모가 된 어머니에게 길러져 공주의 아들이 된다.

(ㄹ) 살인자가 된 모세는 도망자 신세가 된다.

(ㅁ) 숨어 살다가 결혼을 하고 아들을 낳는다.

(ㅂ) 모세는 하나님을 만나 애굽 왕과 담판을 짓는다.

(ㅅ) 모세는 이스라엘을 애굽에서 이끌고 나온다.

2. 비교하기

바리데기는 왕의 딸, 즉 공주로 태어났으나 일곱째 딸로 태어나 부모의 노여움을 사고, 버려진다. 앞에서 제시한 바리데기 이야기에서는 일곱째 딸을 산속에 버린 것으로 나오지만, 다른 자료에서는 옥함에 넣어 강물에 띄워 보낸 것으로 나오기도 하여 이본에 따라 다르다. 바리데기 이야기를 다룬 여러 자료들에서 바리데기를 버리는 장소 등 세부 서술에서 차이가 있는 부분들이 있지만, 일곱째 공주로 태어난 바리데기가 아들이 아닌 딸이라는 이유로 환영받지도, 축복받지도 못하고 부모에 의해 버려지는 것은 공통적인 서사 내용이다.

아기가 그 존재 자체만으로 가치를 인정받지 못하고, 아직 스스로 살아갈 수 있는 상태가 아님에도 버려진다는 것은 참으로 절망적이고 슬픈 일이다. 아기를 버리는 부모의 심정을 극도의 실망감, 도저히 이길 수 없는 좌절감으로 이해한다 할지라도, 딸이라는 이유로 갓 태어난 아기를 버리는 부모의 행동은 비정하다 할 수 있을 것이다. 그리고 바리데기를 버릴 때에도 아무도 찾을 수 없도록 깊은 산 속으로 보내거나 정처 없이 강을 따라 흘러가도록 한 것은 잔혹하다 할 수 있을 것이다. 이는 서술상으로는 바리데기를 어디로 보냈다고 한 것이지만, 맥락적으로는 죽기를 바랐다는 의미로 해석이 가능하다.

그런데 놀라운 것은 이렇게 잔혹하게 버림받은 일곱째 딸이 자신을 버린 아버지를 살릴 약을 구하기 위해 멀고 먼 길을 떠난다는 것이다. 보통의 사람살이에서라면 자신을 버린 부모에 대해 원망하고 앙갚음하고자 하는 마음을 갖기가 쉬울 텐데 바리데기는 그렇게 하지 않는다. 자신의 생사를 걸고, 자신의 모든 인생을 희생해야 하는, 견디기 어려운 험한 시련을 거쳐야 하는 길을 가는 것이다. 이 일곱째 딸 바리데기는 험난한 역경을 감내하고 약을 구하여, 자신을 버리고 병에 걸려 죽은 아버지를 마침내 살려낸다.

모세는 바리데기와는 반대로 특별히 알려지지 않은, 평범하다고 할 수 있는 가정에서 태어나서 버려진다. 모세가 버려질 때에는 죽을 운명이었으나 그 덕분에 궁궐에 들어가 왕자로 살게 되는 행운을 누린다. 모세가 버려진 것은 부모의 미움이나 잔인함에서 비롯된 것이 아니라 오히려 사랑받았기 때문이다. 왜냐하면 애굽 왕의 명령대로라면 모세는 죽었어야 했기 때문이다. 그래서 모세가 버려지는 행위는 부모에 의한 것이지만 모세를 죽이고자 한 의도가 아니라 살리기 위한 방책이었다는 점에서 바리데기와 차이가 있다.

바리데기는 아들이 아니라 딸이기 때문에 버려졌는데, 모세는 딸이 아니라 아들이었기 때문에 버려져야 했다. 그것은 애굽의 통치 아래 있는 이스라엘의 상황, 즉 국가적 피지배 상황 때문에 일어난 것이다. 애굽의 왕이 모든 이스라엘의 새로 태어난 남자 아기는 죽이라고 하였기 때문에 그 명령에 의하면 모세는 죽어야 했다. 그래서 모세의 부모는 모세를 살리기 위해 버리는 방법을 선택한 것이다.

이렇게 버려진 모세는 우연히 공주에게 발견되어 왕자로 자라나는 행운을 누린다. 그렇지만 자신의 정체성이 애굽의 왕자가 아니라 이스라엘 사람임을 깨닫게 되면서 자신의 형제와도 같은 이스라엘 사람이 노예 생활을 하는 모습을 보고 참지 못한다. 그는 이스라엘 형제를 도와주려고 한 일이었을 테지만 애굽 사람을 죽여 살인자가 되고 만다. 그래서 도망하는 신세가 된다. 그러다가 모세는 자신의 하나님을 만나고, 이스라엘의 지도자가 되어 이스라엘 사람을 이끌고 애굽을 탈출하는 데 성공한다.

이러한 각 이야기를 바리데기와 모세를 중심으로 정리한 서사를 다음과 같이 놓고 보면, 두 이야기의 유사성과 차이점이 잘 드러난다.

바리데기	모세
(ㄱ) 일곱째 딸로 태어나 원망 받음.	(ㄱ) 사랑받는 아들로 태어남.
(ㄴ) 버려짐.	(ㄴ) 버려짐.
(ㄷ) 선녀가 키움.	(ㄷ) 엄마를 유모로, 공주의 아들이 됨.
(ㄹ) 아버지 살리는 약을 찾으러 감.	(ㄹ) 살인하고 도망함.
(ㅁ) 결혼하고 삼 형제를 낳음.	(ㅁ) 결혼을 하고 아들을 낳음.
(ㅂ) 삼 형제를 낳은 후 약을 구함.	(ㅂ) 하나님의 명령대로 애굽 왕과 담판을 지음.
(ㅅ) 죽은 아버지를 살림.	(ㅅ) 이스라엘을 애굽에서 이끌고 나옴.

바리데기와 모세는 버려지기 전의 신분, 버려지는 이유와 부모의 감정 등에서 차이는 있으나 아기일 때 버려지는 사건을 공통적으로 겪는 인물이다. 그리고 두 인물이 버려진 후 성장하는 과정에서도 유사점이 보인다. 이를 좀더 자세히 살펴보도록 하자.

바리데기와 모세 이야기가 지니는 공통점은 첫째로, 부모에 의해 버려진다는 것이다. 상황과 동기의 차이는 있으나 부모 스스로 아기를 버린다. 역설적이게도 바리데기는 딸이라서 버려지고, 모세는 아들이라서 버려진다. 이는 아기를 버리도록 하는 주체가 욕망하는 바와 아이의 성별이 반대이기 때문이다. 즉, 바리데기를 버리는 주체인 부모는 아들을 강렬히 욕망하였으나 딸인 바리데기가 태어났으므로 버린다. 이와 반대로 모세의 경우 아기를 버려 죽이도록 강요하는 주체인 애굽의 왕이 이스라엘 민족에게서 아들이 늘어나는 것을 강력히 거부하기 때문에 버려진다. 그래서 바리데기는 부모 자신의 의도와 욕망에 맞지 않다는 이유로 부모의 자발적 판단에 의해 버려지고, 모세는 애굽 왕이라는 부모를 억압하는 강하고 강제적인 욕망 때문에 이 힘에 거스르는 부모의 의지에 의해 버려진다.

아기에 대한 부모의 감정이라는 측면에서 보면, 바리데기는 미움, 원망의 대상이고, 모세는 어여쁨, 사랑의 대상이라는 차이가 있다. 바리데기의 상황을 보면, 딸을 여섯이나 낳고 아들을 기대하는 마음으로 낳은 아이가 또 딸이었기에 매우 실망스러웠을 것이다. 바리데기의 어머니와 아버지 모두 바리데기를 갖다 버리라고 말하게 되는 계기가 바리데기가 아들이 아닌 딸이라는 소식이라는 데에서 이를 알 수 있다. 바리데기의 어머니는 소나 말이 있는 곳에 버리라고 하고, 아버지는 다시 찾아오지 못하게 아주 깊은 산 속에 갖다 버리라고 한다.

(가) 아이구 답답해라. 아이고 답답해라. 아이구 아이구 아이구 내 팔자야. 내 팔자 내 신세야.

공드려 낳은 자식 딸이란 말이 웬 말인고?

소 마구간에나 갖다 버려라. 소짐승이나 잡아 먹게로.

말 마구간에나 갖다 버려라. 말짐승이나 잡아 먹게로.

짐승 마구간에 갖다 놓니 애기한테서 서기가 반공하니 눈을 뜨지 못하고 그래서 아기를 다치지 못하는가 부드라.(263쪽)

(나) 이놈아 기놈아. 그 말이 진정이거들랑 애기를 두데기에 싸가지고 저 천태산에 무명 산중엘 들어가게 되면 버드랑 산이 있을 터이니 거기 갖다가 버리라고 여쭈어라. 만일 애기를 버리지 아니할 것 같으면 생벼락이 떨어진다고 여쭤라.(264쪽)

(가)는 바리데기를 낳은 어머니가 딸인 것을 알고 한 말이고, (나)는 바리데기의 아버지가 내린 명령이다. 이는 바리데기를 낳은 부모가 딸인 바리데기를 자식으로 받아들이지 않겠다, 혹은 기르지 않겠다는 것이며, 절대로 다시 보지 않겠다는 뜻이기도 하다. 이렇게 버려진 아기는 죽음의 저주를 받은 것이나 다를 바 없다. 바리데기의 부모가 이러한 감정까지 느끼게된 것은 바리데기보다 앞서 태어난 여섯 딸과 관계가 있을 것이다. 여섯 명의 딸을 낳고 나서 이번에는 꼭 아들을 낳겠다고 재물을 바치며 기도까지 해서 낳은 아이가 또 딸이었으니 실망감이 더욱더 컸을 것이다. 아들에 대한 막대한 기대는 딸로 태어난 바리데기를 버릴 정도로 큰 억압으로 작용한 것이다.

여기다 버릴가? 저기다 버릴가? 하다 보니 버릴 곳이 전혀 없구나. 얼마만침 앉아서 울드라니 이왕지사 버리고 가는데, 내 딸이야 내 공주야 마지막으로 네가 젖이나 한번 먹어라. 젖줄을 입에 여 놓고 젖을 멕이니, 한번 빨고 두번 빨드니마는 잠이 들어 자는구나. 잠들어 자는 이 자식을 참아 진정 어이 버리고 가겠노?

그때야 거동보소. 너가 버렸다가 너와 나와 이별수가 생겨 이왕지사 버리고 가는 자식, 너와 나와 죽지 않고 만날 날이 있을라는지, 버렸다가 얻은 자식이라고 바리데기 이름이나 한번 지어보자.

그때야 속적삼을 내야 무명지 손가락으로 이름으로 피를 내야 혈서를 쓴다. 버렸다가 얻은 자식이라 버리데기 이름을 지어 가슴속에다 여어 두고 그제서야 애기를 안고 방성통곡 울음을 울다 보니(266쪽)

바리데기라는 이름은 '버렸다가 얻은 자식'이라는 뜻으로 아기를 버리기 전에 어머니가 혈서로 속적삼에 써 넣어 주며 정해졌다. 바리데기라는 이름의 의미가 버려진 아기라는 뜻을 갖고 있는 것이다. 그런데 버렸다는 의미뿐만 아니라 얻었다는 의미도 붙였다는 것은 장차 있을 일을 암시하는 것이라 볼 수 있다. 이 장면에서 유의해 볼 것은 바리데기의 어머니가 아기를 버리면서 매우 슬퍼하면서도 어쩔 수 없이 버릴 수밖에 없는 상황으로 만들어 서술하고 있다는 것이다. 바리데기가 막 태어났을 때에는 홧김에 버리려고 하였었으나, 왕의 명령에 의해 정말로 아기를 버리게 되었을 때에는 울며, 통곡하며 아기와 헤어진다.

반대로 모세의 경우에는 태어나서 매우 사랑받았음을 알 수 있다. 모세가 태어나는 상황에 대한 〈출애굽기〉의 2장 2절에 "그 여자가 임신하여 아들을 낳으니 그가 잘생긴 것을 보고 석 달 동안 그를 숨겼으나"라고 되어 있다. 어떤 번역에는 예쁘다고도 하고, 영어 성경에는 'fine'이라고도 표현되어 있다. 이러한 표현들은 모세가 보기에 참 좋은, 사랑스러운 아이였음을 말해준다. 그래서 모세의 부모는 정말 버리고 싶지 않은 아기였지만, 애굽의 왕이 내린 명령 때문에 더 이상 숨길 수가 없어 모세를 버렸다 할 수 있다.

그런데 모세의 부모는 왜 아기를 버릴 수밖에 없었을까? 그만큼 예쁜 아기였다면 어떻게든 데리고 살아야 하지 않았을까? 이는 모세의 부모가 느끼는 사랑만큼 애굽의 왕에게서 느끼는 두려움이 컸기 때문이라 할 수 있다. 애굽 왕이 처음에는 해산을 돕는 여인들에게 이스라엘에서 아들이 태어나면 죽이라고 하였지만, 이스라엘이 점점 더 커지자 아예 모든 아들은 나일강에 버리라고 단호한 명령을 내린다.

애굽 왕이 이스라엘에게 느끼는 분노와 화는 이스라엘에서 태어나는 아들의 수가 많아질수록 더욱 커졌다 할 수 있다. 마치 바리데기의 부모가 딸을 하나 낳을 때마다 느꼈을 실망이 커지는 것과 비슷하다 할 것이다. 문제는 애굽의 왕이 이스라엘이 커지는 것에 대해 느낀 반감이 큰 만큼 이스라엘이 받는 억압도 커졌을 것이라는 점이다.

애굽 왕이 히브리 산파 십브라라 하는 사람과 부아라 하는 사람에게 말하기를

"너희는 이스라엘 여인의 해산을 도울 때에 그 자리에 가서 태어난 아기가 아들이거든 죽이고 딸이거든 살려두어라."

하였다. 그러나 산파들이 하나님을 두려워하여 애굽 왕의 명령을 어기고 남자 아기들을 살려두었다. 애굽 왕이 산파를 불러 그들에게 말하기를

"너희가 어찌하여 남자 아기들을 죽이지 않고 살려두었느냐?"

하며 꾸짖었다. 산파가 애굽 왕 바로에게 대답하기를

"이스라엘 여인은 애굽 여인과 달리 건강하여 산파가 미처 도착하기도 전에 해산하였기 때문입니다."

하니 하나님이 그 산파들에게 은혜를 베푸셨고, 이스라엘 백성

은 번성하고 매우 강해졌다. 그 산파들은 하나님을 경외하였으므로 하나님이 그들의 집안이 흥왕하게 하셨다. 그러므로 애굽 왕 바로가 그의 모든 백성에게 명령하기를

"너희는 아들이 태어나면 그 아기를 나일강에 던져 죽게 하고 딸이 태어나면 살려두어라."

라고 하였다.(출애굽기 1장 15-22절)[16]

애굽 왕이 처음에 아들을 죽이라고 했을 때는 그래도 지혜롭게 피할 수 있었다. 산파들이 아이를 살렸기 때문이다. 하지만 애굽 왕이 이를 알고 다시 내린 명령, 모든 아들을 나일강에 버리라는 명령은 더 이상 피할 수 없는 것이 되었다. 애굽 왕의 분노와 함께 커진 억압은 이스라엘 사람들이 스스로 아기를 버릴 수밖에 없을 만큼 큰 두려움으로 작용했을 것이다. 그래서 사랑스러운 아들이지만 어쩔 수 없이 버리게 된 것이다.

둘째, 이 아기들이 버려지는 방식은 산, 물 등 자연과 관련된다는 공통점이 있다. 이는 가정 밖으로 내쳐지는 의미라 할 수 있다. 아기는 외부로부터 보호가 필요한 존재인데, 산이나 강에 버려진다는 것은 더 이상 보호받지 못한다는 뜻이고, 부

---

16 성경 원문이 번역에 따라 달라서 개역개정과 개역한글 성경 등을 참조하여 현대어로 수정하였다.

모의 입장에서는 아기를 자신의 자녀로 기르지 않겠다는 의미이다. 산이나 물이라는 공간에는 사람이 별로 살지 않고, 각종 동물이나 굶주림과 같은 위험이 도처에 있다. 그래서 스스로 삶을 꾸릴 수 없는 아기의 입장에서 산이나 물에 버려졌다는 것은 도움을 받을 수 없고 동물 등에 의해 공격을 받을 위험에 처하였다는 의미인 것이다.

앞에서 본 바리데기 이야기에서는 바리데기가 산속에 버려지는 것이었지만, 이본에 따라서는 옥함에 넣어져 강물에 띄워지는 경우도 있다. 바리데기가 옥함에 담겨 강물에 흘려보내지는 경우는 모세와 더욱 유사하다. 모세는 갈대 상자 안에 넣어져 강가에 두는 방식으로 버려졌기 때문이다. 이렇게 아기를 자연에 방치하는 것은 결과적으로 아기를 죽음으로 내모는 것이라 할 수 있을 것이다. 그래서 아기가 버려진다는 것은 죽게 되었다는 것과 같은 의미이다.

바리데기와 모세의 세 번째 공통점은 버려진 후 초월적이거나 우월한 구원자를 만나 성장한다는 것이다. 바리데기나 모세나 매우 어린 아기일 때 버려지므로 스스로 삶을 영위해 나갈 수가 없다. 그래서 버려진 아기가 자신을 보호하고 양육해 줄 구원자를 만나지 못하면 이 아기들은 죽을 운명인 것이다. 산이나 바다로 버린 것 자체가 직접적인 죽임의 행위는 아니지만 결국 아기가 죽도록 만든 것이라 할 수 있다.

하지만 이 아기들은 놀랍게도 양육자를 만난다. 바리데기의 경우, 산속에 버려졌을 때 날개로 보호해 준 청학 백학이 선녀가 되어 바리데기를 양육한다. 처음에 바리데기가 버려졌을 때에는 젖도 먹이고 날개로 덮어주었던 청학 백학이, 나중에는 선녀로 바뀌어 바리데기를 양육하는 것이다. 바리데기를 기르는 이가 사람이 아닌 선녀라는 데에서 바리데기의 출생과 성장에 초월적 세계의 개입을 알 수 있다.

모세의 경우에는 나일강에 목욕하러 온 공주에게 발견되어 살게 된다. 모세를 나일강가에 두고서도 차마 떠나지 못하던 모세의 누이가 모세를 공주가 발견한 것을 보고 모세의 어머니를 유모로 추천한다. 그래서 모세는 신기한 방식으로 자신의 어머니에게서 자라나고 후에 궁궐에 들어가 임금의 딸, 즉 공주의 아들이 되어 사는 것이다.

그 아기가 자라니 바로의 딸에게로 데려갔다. 그러니 그 아기가 바로 딸의 아들이 되었다. 바로 딸이 그 아기의 이름을 모세라 하였는데 그 이유를 말하기를 '내가 그를 물에서 건져내었음이라.' 하였다.(출애굽기 2장 10절)

여기서 보듯이 버려진 아기였던 모세는 궁궐에 사는 왕자의 신분으로 격상하게 된다. 애굽의 노예 생활을 하는 이스라엘의 아들이 애굽 공주의 아들이 된 것이다. 모세를 살린 구원자인 애굽 왕의 딸은 바리데기를 살린 선녀와 같은 초월계의 존재는 아니지만 신분상으로 최고로 높은 지위와 권력을 지닌 존재이다. 현실적으로 보면, 모세가 태어난 시대와 사회에서 애굽 왕보다 우월한 존재는 없을 것이기에 모세는 최고 권력자, 가장 우월한 자에 의해 구제 받았다고 할 수 있다. 그리고 역설적이게도 그 구원자가 실제로는 아들이라는 이유로 모세를 버리게 한 억압자이다.

모세라는 이름의 뜻이 '물에서 건져내었다'는 것도 매우 흥미롭다. 바리데기는 버렸다는 데에서 유래한 이름인데, 모세는 반대로 건져내었다는 의미인 것이다. 이러한 점에서 보면, 바리데기와 모세는 마치 데칼코마니처럼 유사한 모습을 지니고 있으면서 상반되는 점을 가지고 있다. 바리데기와 모세는 버려지고, 누군가에 의해 구원되어 양육되는 공통점을 지닌다. 그리고 바리데기와 모세는 성장하여 최고로 권위가 있는 자리에 오른다. 바리데기는 신이 되고, 모세는 이스라엘 민족의 지도자가 되는 것이다.

반면 바리데기는 여성이고, 모세는 남성이며, 이름의 의미가 하나는 버려졌다는 것이고, 다른 하나는 건져내었다는 것이라는 대칭성을 보인다. 그리고 바리데기는 원래의 신분이 왕의 딸이고, 모세는 억압자에 의해 만들어진 신분이 공주의 아들이라는 차이가 있다.

어려서 버려지고 고난을 겪은 바리데기와 모세가 장성하여 부모를 살리고 민족을 살리는 위대한 인물이 된다는 공통점은 영웅의 일대기에서 흔히 볼 수 있는 서사이기도 하다.[17] 바리데기가 영웅적이다 혹은 뛰어나다고 할 수 있는 것은 자신을 버린 부모를 원망하지 않고 자신의 모든 것을 버려야 하는 고난을 극복해 내고 약을 구해온다는 것이다. 바리데기가 부모를 위해 자신의 모든 것을 버리며 고난을 겪어내는 것에 대해 단순히 용서했다라거나 효심이 뛰어나다고 표현하기에는 부족해 보인다. 모세 역시 영웅적이라 할 수 있는 것은 민족의 통솔자로서 활약한 데에서 찾을 수 있다. 모세는 애굽에서 종살이하는 자신의 민족, 지도자가 없는 이스라엘이라는 집단을 애굽에서 이끌어낸다. 이 점에서 모세가 이스라엘의 최고 지도자 혹은 통솔자로서 역할을 하였다고 생각할 수 있다.

---

17 영웅 일대기와의 관련성은 다음 절에서 살펴보도록 한다.

고전 서사와 성경 이야기

3. 확장하기

이제까지 살펴본 바리데기와 모세 이야기에서 서로 대비되는 차이점도 발견할 수 있었지만 보편적이라고 할 수 있는 공통점도 존재함을 알 수 있었다. 바리데기 이야기와 모세 이야기는 그 발생과 향유가 시간적으로 매우 오래된 것이면서 지역적으로도 매우 멀리 떨어진 곳에서 이루어졌다. 서로 긴밀하게 상호작용하기 어려운 거리에 있는 지역에서 향유된 이야기 사이에 이러한 동형성이 있다는 것이 매우 특징적이다. 여기에서 바리데기와 모세 이야기의 보편서사를 찾을 수 있다. 두 이야기에서 공통점을 찾아 서사 요소를 정리하면 다음과 같다.

- (누군가에 의해 금지된 혹은 원하지 않는) 아기가 태어난다.
- 아기가 버려진다.
- 버려진 아기가 구출되어 자란다.
- 성장한 아기가 원래 속한 집단(가정)으로 돌아간다.
- 성장한 아기가 집단(가정)의 문제를 해결한다.
- 성장한 아기가 집단의 최고 인물이 된다.

이를 영웅의 일대기라는 이야기 유형과 관련지어 볼 수 있는데, 비단 바리데기나 모세뿐만 아니라 많은 뛰어난 인물의 일대기에서, 소위 영웅 서사에서 보이는 이야기 구조와 유사한 점을 발견할 수 있다.

이야기 양식, 즉 설화나 소설에서 나타나는 영웅의 일대기[18]는 "주인공이 고귀한 혈통으로, 비정상적으로 태어난다. 태어날 때부터 뛰어난 능력을 지니고 있으나, 어려서 버려지고 고난을 당한다. 그렇지만 양육자나 구원자를 만나 위기에서 벗어나고, 성장한 후 위기나 고난을 겪지만 결국 극복하여 승리자가 된다"는 것으로 전개된다. 어떤 인물의 이야기가 이러한 구조로 전개되면 이를 영웅의 일생, 혹은 영웅의 일대기라고 한다.

이러한 영웅의 일대기 구조와 비견하여 보면, 바리데기와 모세 이야기는 이들 주인공이 버려지고 고난을 겪지만 최종적으로 성공한 인생, 영웅적 인물이 된다는 점에서 영웅의 일대기라 할 수 있다. 바리데기의 경우에는 병들어 죽은 아버지를 살려내어 추앙받는 인물이 되고, 죽어서는 신이 된다. 모세는 살인자로 도망하는 신세가 되었지만, 이스라엘 민족의 지도자가 되어 자신을 길러주었던 왕 앞에 당당히 맞서고, 자신의 민

---

18 조동일, 「영웅의 일생, 그 문학사적 전개」, 『동아문화』 제10집, 서울대 동아문화연구소, 1971, 165-214쪽.

족을 이끌고 애굽에서 탈출한다.

이렇게 볼 때, 바리데기나 모세의 일생은 한국과 이스라엘의 영웅적 인물의 탄생을 보여주는 것이라 할 수 있다. 그런 점에서 여기서 살펴본 '버려진 아기' 이야기는 영웅 탄생의 보편서사를 보여주고 있는 것이다. 바리데기 이야기는 우리 민족의 신화에서 여신이 만들어진 과정을 보여주고, 모세의 이야기는 노예 생활하던 이스라엘 민족을 애굽에서 탈출시키는 민족의 최고 지도자가 태어나고 성장하는 이야기를 보여준다.

어떻게 서로 다른 지역에서 다른 문화를 이루고 사는 사람들 사이에서 이렇게 비슷한 유형의 이야기가 있었을지 생각해 보면, 어떠한 공동체 안에서든 뛰어난 인물, 숭앙 받는 인물은 보통 사람들은 겪지 않는 어려움, 극복하기 어려운 문제들을 이겨내었다는 공통점이 있기 때문이라 할 것이다. 평범한 사람들은 겪지 못하고 이겨내지 못할 어려움을 극복한 것이 영웅적 인물이 보이는 보편적 특성이다. 이는 지금 우리들에게도 마찬가지의 깨달음을 준다. 어떤 사람이 뛰어난 인물이라 할 수 있는 것은 그만큼 어려운 고난과 많은 문제들을 극복해내었기 때문인 것이다. 그리고 이런 영웅적 인물이 활약하고 어떤 일을 이루는 것은 자신의 개인적 욕망을 충족시키기 위한 것이 아니라 다른 사람이나 자신이 속한 집단을 위한 것이다.

그래서 이들이 그 집단의 사람들에게 숭앙 받는 인물이 된 것이다.

이러한 유형의 이야기들은 많은 영웅 이야기, 신화 속 인물 이야기들에서 볼 수 있다. 예컨대 신라시대 탈해 이야기를 보자.

탈해 이사금이 왕이 되었다. 탈해는 원래 다파니 국에서 태어났다. 이 나라 왕의 아내가 아이를 밴 지 7년 만에 큰 알을 낳았다. 왕이 이를 보고 버리라 하였으나 그 아내는 차마 버리지 못하고 비단에 알을 싸서 보물과 함께 상자 속에 넣은 뒤 바다로 띄워 보냈다. 그 궤짝이 바다 위를 떠돌다가 신라 해변에 닿았다. 바닷가에서 상자를 본 어느 늙은 여인이 줄로 잡아당겨 열어 보니, 거기에 한 어린아이가 들어 있었다.

그 늙은 여인이 이 아이를 데려다 길렀는데, 키가 매우 크고, 외모가 출중하며 지식이 남보다 뛰어났다. 어떤 사람이 이 아이를 처음 발견했을 때의 상황을 생각하여 이름을 석탈해라고 지으라고 하였다. '석'은 까치가 따라 날아온 데에서, '탈'은 상자에서 나온 데에서, '해'는 상자를 풀었다는 데에서 붙인 이름이다. 탈해는 고기잡이를 하여 자신을 기른 어머니를 모셨는데 매우 극진하였다. 어느 날 늙은 여인이 탈해에게 학문을 배워 벼슬길에 나가라고 하니, 탈해가 학문에 힘써 출세하였다. 그가 어질다는 소문이 나서 결혼을 하고, 관직도 얻었으며, 후에 왕위를 이어받았다.[19]

위에서 보듯, 탈해는 왕의 아들로 태어났지만, 태어났을 때 사람이 아닌 알이었기 때문에 버려졌다. 바리데기가 여자 아이였기 때문에 버려지고, 모세가 이스라엘의 남자 아이로 태어났기 때문에 버려진 것과는 다른 이유이지만, 부모가 원하지 않는 혹은 부모에게 용납될 수 없는 존재로 태어났기 때문에 버려졌다는 점에서는 유사하다. 이는 영웅 일대기 구조에서 비정상적 출생의 요소에 해당하는 것이다.

또한 탈해가 잉태되고 태어나기까지의 과정도 비정상적인데, 그것은 탈해가 7년 만에 태어났기 때문이다. 7년 만에 태어난 아이가 알의 모양을 하고 있으니 왕은 그 알을 버리라고 명령한다. 그러나 왕후는 차마 버리지 못하여 보물과 함께 알을 비단에 싸서 궤짝에 넣은 다음 바다에 띄운다. 이는 바리데기가 옥함에 넣어져 강물에 띄워진 것이나 모세가 갈대 상자에 넣어져 나일강가에 놓인 것과 유사한 방식이다.

이렇게 바다 위를 떠돌던 궤짝 속의 아이는 탈해라는 이름

---

19 이 이야기는 '김부식, 허성도 역, 『삼국사기』, 한국사사료연구소, 2004.'의 '탈해이사금(脫解尼師今)'을 바탕으로 정리한 것이다.

으로 성장하게 되었고, 나중에 벼슬길로 나가 뛰어난 인물이 되었다. 이는 바리데기가 선녀의 손에 성장하는 것이나 모세가 애굽의 공주에게 구조되어 왕궁에서 자라는 것과 상통한다. 그리고 탈해도 바리데기나 모세처럼 최고의 통치자 자리에 오르게 된다. 탈해 이야기는 알로 태어나 버려지지만 결국은 왕위에 오르는 데에 성공한 인물, 위대한 인물에 대한 이야기라 할 수 있을 것이다.

이외에도 〈주몽〉 신화나 최치원을 소재로 한 소설 〈최고운전〉에도 어렸을 때에 버려지지만 보호받고, 누군가에 의해 잘 길러지고, 장성하여 마침내 영웅이 되는 인물의 이야기가 나온다.

(가) 금와는 이를 이상하게 여기고 그 여자를 방 속에 가두어 두었다. 그러자 햇빛이 그 여자를 비추었는데 여자가 몸을 피하면 햇빛도 쫓아와서 비추었다. 그리하여 임신을 해서 알 하나를 낳았는데 크기가 닷 되 정도 되었다. 왕은 그 알을 버려 개와 돼지에게 주었지만 모두 먹지 않았다. 그래서 길에 내다 버렸지만 소와 말이 모두 이 알을 피해서 다녔고, 다시 들에 버렸지만 새와 짐승들이 이 알을 덮어주었다. 왕이 알을 갈라보려고 하였지만 깨뜨릴 수도 없었다. 그래서 그 어머니에게 돌려주었다.

그 어머니는 알을 천으로 싸서 따뜻한 곳에 두었다. 그러자 한 아이가 껍질을 깨고 나왔는데, 골격과 외모가 영특하고 기이하였다. 나이 겨우 일곱에 기골이 뛰어나서 일반 사람들과는 달랐다. 제 스스로 활과 화살을 만들어 쏘는데 백번 쏘면 백번 다 맞혔다. 나라 풍속에 활을 잘 쏘는 사람을 주몽이라 하였기 때문에 주몽으로 이름을 지었다.[20]

(나) 이때 부인이 잉태한 지 석 달 만에 금돼지의 변을 만났으나, 최충은 아내가 잉태한 것을 모르고 있었다. 부인이 금돼지에게 잡혀간 지 여섯 달 만에 아들을 낳은지라. 최충이 기뻐하지 아니하고, 금돼지의 자식이라 의심하여 관비(官婢)에게 가져다가 버리라고 명령하였다. 관비가 명령을 듣고 아기를 안고 밖으로 나가는데, 마침 지렁이가 길 바닥에 늘어져 있었다. 그것을 보고 아기가 문득 말하였다.

"한 일자(一字)로다."

관비가 크게 놀라 이상하게 여기고 원님에게 이 말을 아뢰니, 최충이 요망하다 하고 크게 꾸짖었다. 관비가 어쩔 수 없이 아기를 안고 문밖에 나오니, 아기가 죽어 있는 개구리를 보고 또 말했다.

---

20 일연, 신태영, 『원문과 함께 읽는 삼국유사』, '고구려'
　　https://terms.naver.com/entry.naver?docId=1633564&category
　　Id=49616&cid=49616

"하늘 천자(天字)로다."

관비가 차마 아기를 버리지 못하고 도로 데려가 이 사연을 여쭈니, 원님이 대로하여 크게 꾸짖으며 호령하였다. 관비가 두려운 나머지 마지 못하여 좋은 의복으로 바르게 싸서 큰길 가운데 버리니 왕래하는 소와 말이 아기를 피하여 가고, 밤이면 하늘에서 선녀가 내려와 젖을 먹이는지라. 아전들이 데려다가 기르고자 했으나 원님에게 죄를 입을까 두려워 실행하지 못했다. 그러던 중 최충이 그 아이가 아직까지 길 가운데 살아 있다는 말을 듣고 아전을 시켜 그 아이를 안아다가 연못에 버리게 하였다. 아전이 연못에 버리니 연잎이 아이를 감싸고 봉황과 난새와 학이 날개를 깔고 덮어주어 춥지 않게 하였으며, 밤이면 하늘에서 선녀가 내려와 젖을 먹여 굶주리지 않게 해주었다.

두어 달 지남에 그 아기가 바위에도 올라가고 사장(沙場)에도 내려와 노는 등 두루 기어다니는데, 그 자취마다 글자가 되고 우는 소리는 글 읊는 소리 같으니, 듣고 보는 사람들 중 슬퍼하지 않는 자가 없었다.

원님의 아내가 이 말을 듣고 슬픔을 금치 못하여 최충에게 말하였다.

"이 아이를 금돼지의 아들이라 의심하시고 버리시니 실로 발명(發明)할 말씀이 없습니다. 그러나 첩이 잉태한 지 석 달 만에 금돼지의 변을 만났으니 분명 금돼지의 자식은 아닙니다. 그런 까닭에 천지의 귀신이 보호하여 지금까지 살아서 비상(非常)한 일이 많이 일어난 것이니, 그 아이를 다시 데려오시기를 간절히 바랍니다."

최충도 그 아이에게 이상한 일이 일어난다는 말을 듣고 마음속으로 기이하게 생각하고 있던 터인지라, 부인의 말이 과연 옳다고 여기고 데려오고자 했다. 그러나 처음에 금돼지의 자식이라 하여 버렸는데, 이제 다시 찾아 데려오면 하인과 백성들이 비웃을까 염려하여 주저하는데, 부인이 말했다.

"남의 비웃음을 두려워하신다면 칭병(稱病)하시고 아전의 집을 빌어 나가 계시면 첩이 한 계교를 베풀어 치소(恥笑)를 면하게 하겠습니다."[21]

(가)는 『삼국유사』에 실려 있는 주몽 이야기에서 주몽이 태어나서 버려지는 장면이고, (나)는 〈최고운전〉의 이본 중 하나인 〈최충전〉에서 최치원이 태어나고 난 후 버려지는 부분이다. 이 두 이야기의 공통점은 아버지의 주도로 아기가 버려진다는 것이다. 그것은 아버지가 어머니보다 강한 주권을 갖고 있으며, 어머니는 상대적으로 약자이며 잘못을 저지른 것으로 몰리

21 최삼룡 외, 『유충렬전·최고운전』, 고려대학교 민족문화연구소, 1996, 483-487쪽.

고 있기 때문이다. 그것은 이 어머니들에게서 난 아이들이 그 아버지들의 혈통이 아니라는 의심을 받는 데에서 비롯된다.

주몽의 아버지 금와는 유화에 대해 처음부터 의심을 가진 것으로 보인다. 그래서 금와는 유화를 이상하게 여겼다고 하였으며 유화를 다른 방에 가두어 둔다. 그런데 유화는 알을 낳았기에 더욱 더 큰 의심을 받게 되어 금화는 유화가 낳은 알을 갖다 버리게 한다. 그렇지만 버려진 그 알은 아무리 깨뜨리려 해도 깰 수가 없었다. 그래서 그 알을 동물들의 먹이로 삼고자 했으나 동물들이 오히려 피해 다니고 대신에 그 알을 덮어서 보호해 준다. 어떻게 해도 알을 없앨 수 없었기 때문에 알은 다시 유화에게 돌아가게 된다.

주몽은 알로 태어나서 버려지지만, 최치원은 아기로 태어난 후 버려진다. 최치원의 어머니가 의심을 받은 것은 최치원의 어머니가 금돼지에게 잡혀 있다가 돌아온 사건 때문이다. 최치원의 아버지 최충은 자신의 아내가 임신한 줄도 모르고 있었는데, 아내가 여섯 달 만에 아기를 낳으니 기뻐하지도 못한다. 게다가 최치원은 태어났을 때 손발톱이 이상한 문제도 있었고, 보통의 아기에게는 있을 수 없는 천재성을 발휘한다. 그래서 최치원의 아버지는 최치원이 금돼지의 자식이라고 의심하고 갖다 버리게 한다. 그렇지만 버려진 아기 최치원을 동물들이 피해 다니고 선녀들이 보호해 준다. 이때 최충의 부인이 자신은 분명히 임신한 후 금돼지에게 잡혔기 때문에 최치원은 절대 금돼지의 자식이 아니라 최충의 자식이라고 확언한다. 그러자 최충이 부인의 말을 따라 최치원을 다시 집으로 데려오게 된다.

이렇게 주몽과 최치원은 태어나면서 그 아버지들에게 혈통을 의심받고 버려진다. 그렇지만 이 아기들은 신비롭게도 안전하게 잘 지켜지고, 다시 부모에게로 돌아와 뛰어난 인물, 영웅으로 성장하게 된다.

영웅 이야기의 전통에서 볼 때 이야기의 주인공이 어린 아기 때에 버려지는 이야기가 있는 것은 앞서도 분석하였듯이 인물의 뛰어남과 우월함, 천우신조와 같은 특별한 하늘의 도우심을 드러내는 의미로 볼 수 있다. 그리고 여기에 덧붙이자면, 뛰어난 인물은 일찌감치 부모에게서 독립하는, 분리와 독립의 통과제의를 거친다는 것으로도 의미를 부여할 수 있다. 부모와의 분리는 그 자체로 고통이 수반되는 과정이지만, 부모와 분리, 독립하는 것이 성장을 위한 필수적인 과정인 것이다. 이것이야말로 사람살이의 보편적 진리라고도 할 수 있다.

Ⅲ. 형제 갈등: 적성의와 야곱

1. 이야기 읽기

가족이라는 공동체 내에서는 가족 관계에 따라 갖가지 일들이 생긴다. 이는 동서양을 막론하고 가족이 있는 곳이라면 언제나 있을 수 있는 문제로, 어떻게 해결하느냐에 따라 그 가족의 운명이 달라진다. 가족 사이에 우애가 돈독하여 갑자기 닥친 여러 가지 문제를 잘 해결해 나가기도 하지만, 서로 갈등이 있어 비극적 사건이 발생하거나 가정이 파국에 이르기도 한다. 여기에서는 다양한 가족 관계 중에서도 형제 관계에 주목하여 살펴보고자 한다.

현실에서 일어난 형제간의 이야기가 설화나 소설에서도 종

종 다루어지는 것을 볼 수 있는데, 이는 그만큼 가족 관계에서 형제간 갈등이 보편적인 것임을 말해준다. 이러한 형제간 갈등 이야기의 보편성은 이야기를 즐기는 사람들이 관심을 가질 만한 흥미로운 주제임을 말해준다.

누구나 태어나는 순간부터 가족 관계를 갖게 되며, 같은 부모를 가진 자녀의 수가 둘 이상이 되면 형제든 자매든 가족 관계가 생기고, 함께 가족 구성원이 되어 집단을 이룬다. 그래서 가족의 이야기, 형제간의 이야기가 보편성을 지니는 것이라 할 수 있다. 문학 작품 속에 있는 형제에 대한 이야기는 허구의 이야기라 할지라도 현실에서 얼마든지 일어날 수 있는 일이기에 설화나 소설 속 이야기라 할지라도 자신의 이야기처럼 느껴질 수 있다.

우리 고전소설이나 설화에서도 형제간의 이야기를 자주 볼 수 있는데, 성경에서도 다양한 형제들의 이야기가 나타난다. 형제의 외모나 성격이 비슷하여 그 인생이나 결말도 비슷한 경우가 있고, 쌍둥이임에도 성격이나 생김새, 인생살이가 전혀 다른 경우도 있다. 그런가 하면 형제 간에 능력이나 능력에 대한 인정의 차이로 갈등이 생겨 살인과 같은 범죄 사건이 일어나기도 한다.

이렇게 형제 사이의 이야기이더라도 그 양상은 다양할 수

고전 서사와 성경 이야기

있다. 그래서 서로 다른 형제 이야기를 함께 비교하며 읽으면서 동일하게 형제 관계를 다루면서도 다르게 전개되는 서사를 통해 사회문화적 차이를 발견하면서도 동질성 또한 확인할 수 있을 것이다. 형제간 갈등은 가족이 있는 곳이면 어디서나 생기는 것이기에 이 문제를 중심으로 서로 다른 삶을 비교해 보는 과정은 사회문화적 차이에도 불구하고 존재하는 유사한 점을 발견하고, 동시에 이야기의 차이에 대해 생각해 보는 의미가 있을 것이다.

우리 설화에서 형제간의 갈등이 일어나는 양상을 정리한 논의에 의하면, 형제 관계에서 갈등이 일어나는 원인과 양상은 1)인성의 차이, 2)부모에 대한 효성 차이, 3)재물에 대한 욕심, 4)재산 상속, 5)글의 배움 여부, 6)적서 차별 등[22]으로 분류 가능하다. 이 논의에서는 구비 설화를 분류한 것이지만, 이러한 갈등은 현실에서도 소설에서도 어디서나 형제 관계가 있는 곳에서는 일어날 수 있는 양상으로 일반화할 수 있을 것으로 보인다.

이는 형제간 갈등이 현실적으로 어디에서나 있을 수 있는 일이기에 특정한 지역에 제한되지 않고, 사람들의 다양한 성격

---

22 곽정식, 「한국 설화에 나타난 형제간 갈등의 양상과 그 의미」, 『문화전통론집』 4, 경성대학교부설 한국학연구소, 1996, 25-33쪽.

만큼이나 다양할 수 있기 때문이다. 다시 말해, 형제 관계 문제가 비단 한국이라는 특정 지역에서만 생기는 일이 아니라 세상 어느 나라에서나 생길 수 있는 문제이고, 과거라는 지나간 시절에만 있었던 일이 아니라 현재에도 얼마든지 있을 수 있는 문제인 것이다. 그래서 형제간의 갈등은 동서고금을 막론하고 세계 어느 곳에서나 일반적으로 일어날 수 있는 것으로 보편적 성격을 가진다 할 수 있다.

그런데 이러한 갈등의 원인은 어느 특정한 한 가지가 아니라 여러 가지가 복합적으로 작용할 수도 있다. 예를 들어 형제간에 효심에 차이가 있어 갈등이 생긴 경우를 생각해 보자. 이때 효성의 차이가 갈등의 요인이지만 이와 함께 인성의 차이가 연동되어 있을 수 있다. 대개 효성 있는 인물의 인성이 착하고 불효하는 인물의 인성이 악하다. 이 경우, 효성의 차이와 인성의 차이는 형제간 갈등에 동시에 작용한 원인이 된다. 또한 인성의 차이가 재물에 대한 욕심의 정도에 영향을 미쳐 형제간에 갈등이 일어날 수도 있는데 이 경우에는 인성과 욕심이 복합적으로 작용한 것이라 할 수 있다. 또다른 한편으로 글의 배움 여부에 차이가 있으면서 인성에 차이가 있어 형제간 갈등이 생겼을 수도 있다. 그래서 형제 사이에 일어난 갈등의 원인을 어느 한 가지로 규정하기보다는 복합적으로 존재할 수 있음을

고전 서사와 성경 이야기

고려하고, 다각적으로 들여다보는 시각이 필요해 보인다.

이 장에서는 우리 고전소설 〈적성의전〉과 성경에 나오는 에서와 야곱 이야기를 중심으로 형제 관계에서 일어난 운명의 변화에 대해 생각해 보기로 하겠다. 우선 〈적성의전〉[23]을 형제 관계를 중심으로 이야기를 정리해 보면 다음과 같다.

옛날에 강남 안평국이라는 나라가 있었는데 부강하고 살기가 좋았다. 안평국 왕의 성은 적씨였다. 그 왕에게는 첫째 아들 항의와 둘째 아들 성의가 있었다. 두 아들의 성격은 매우 달랐는데, 성의는 성품이 온순하고 기골이 준수하여 왕 부부가 지나칠 정도로 매우 깊이 사랑하였다. 항의는 성의가 부모와 나라 사람들에게 사랑받는 것을 보고 성의를 시기하여 음흉한 마음을 품었다. 그래서 항의는 항상 마음속으로 성의를 몰래 해치고자 하였다.

왕이 후계자를 세울 때가 되었는데, 왕은 둘째 아들 성의를 사랑하였기 때문에 첫째 아들 항의가 아닌 둘째 아들 성의를 세자로 삼으려 하였다. 그렇지만 신하들이 반대하자 왕은 어쩔 수 없이 첫째 아들인 항의를 세자로 봉하였다.

그러던 어느 날 왕비가 병이 들었다. 왕비의 병세는 점점 더 나

23 여기서는 경판 23장본 〈적성의전〉을 바탕으로 이야기를 정리하였다.

빠졌고 매우 위태로운 상태가 되었다. 안평국 사람들은 왕비의 병을 고칠 약을 백방으로 구하였으나 세상 어디에서도 약을 구할 수 없었다. 이때 어떤 도사가 나타나 일영주를 구해 오면 왕비가 나을 것이라 하였다. 그러면서, 효성이 부족하면 그 약을 얻을 수 없을 것이라 하였다.

이 말을 들은 성의는 자신이 직접 약을 구해오겠다고 자원하였다. 성의는 군사를 이끌고 배를 타고 일영주를 구하러 갔다. 일영주는 신선이 사는 곳에 있어서 구하기가 매우 어려웠다. 약을 구하러 가는 길이 얼마나 멀고 험한지 성의는 자신도 모르게 탄식을 하였다.

"만경창파에 동서를 분간할 수도 없으니 언제 약이 있는 곳에 도달할 수 있겠는가?"

어머니를 고칠 약을 구할 수 있을지 그 길이 보이지 않았다. 그렇지만 마침내 성의는 지극한 효심으로 이 모든 어려움을 다 이겨내고 어머니를 살릴 일영주를 구하였다. 성의가 일영주를 찾아가는 동안 만난 신선들이나 대사는 하나같이 성의를 칭찬하였다. 성의의 부모를 위한 정성이 지극하여 만경창파를 건너 올 수 있었고, 약을 구할 수 있었다고 하였다. 성의가 구한 약은 구슬 두 개였는데 그 약은 죽은 사람도 살리고 모든 병을 다 낫게 한다고 하였다.

고전 서사와 성경 이야기

성의가 이렇게 약을 구해 오는 동안 왕비의 병이 더욱 깊어졌다. 항의의 걱정은 다른 데 있었다. 항의는 성의가 약을 구해 오면 온 나라가 성의를 칭찬하고 인정하여 자신에게 해가 될 것이라고 염려했다. 그래서 항의는 이를 막기 위해 계획을 세웠다. 항의는 성의가 구한 약을 가로채고 성의를 해치려고 한 것이다.

항의는 왕과 왕비에게 말하기를

"약을 구하러 간 성의가 어찌 되었는지 그 소식을 알 수가 없습니다. 그러니 제가 성의를 찾으러 가보아야겠습니다. 혹시 성의가 약을 구하러 갔다가 잘못되었다면 제가 직접 약을 구해 오겠습니다."

하고 길을 떠났다.

항의가 배를 타고 떠나서 가다 보니 저 멀리서 약을 구해 돌아오는 성의 일행이 보였다. 성의 일행을 만난 항의는 소식을 묻는 듯이 하면서 성의에게서 약을 건네받았다. 그런데 항의가 자기 손에 약을 쥐자마자 태도를 완전히 바꾸어 성의와 그 일행을 죽이려 들었다.

항의는 성의에게

"너는 일영주를 구하러 간다고 거짓말을 하고 불도에 **빠져** 병든 어머니를 버렸구나. 그러니 성의 너는 물에 **빠져** 죽어라!"

라고 하였다.

성의는 너무 억울하고 슬퍼서 울었다. 성의가

"형님, 왜 이러시는 것입니까?"

하며 항의에게 진심을 말하려고 하는데도 항의는 듣지 않고 성의를 죽이려 하였다. 그때 갑자기 어떤 부하가 항의 앞에 막아서서 결국 실패하였다. 그러자 항의는 성의의 두 눈을 찌르고 배를 엎어 버렸다. 성의를 없앴다고 생각한 항의는 약을 가지고 부모님께로 갔다.

항의는 자기 손으로 동생을 죽이려 하였으면서도 부모님인 국왕 부부에게는 성의가 불도에 빠져 떠나버렸다고 하였다. 그러고는 성의가 구한 약을 자신이 구한 것처럼 내어놓았다. 왕비는 성의가 그렇게 하였다는 것을 믿지 못해 하면서도 확인할 길이 없으니 항의의 말을 들을 수밖에 없었다. 왕비는 약을 먹고 건강을 회복하였다.

한편 물에 빠진 성의는 바다로 하염없이 떠내려가게 되었다. 넓고 넓은 바다 위에서 어디로 갈지 몰라 헤매는 성의에게 다행히 몸을 의지할 수 있는 널판 조각이 잡혔다. 성의는 널판 조각에 의지하여 바다를 떠다녔다. 성의는 앞을 못 보게 되었으니 동서남북도 분간하지 못하고 바다를 헤매었다.

그러다가 성의를 태운 널판 조각이 어느 해변 바위에 닿았다. 성의는 바위에 앉아 두 눈이 멀게 되어 집에도 못 가고 떠돌게 된 일을 생각하며 성의가 통곡하였다. 그런데 어디선가 무성한 대나무 숲에서 나는 소리가 들려 성의의 통곡 소리에 응답하는 것 같았다.

성의는 자기 귀에 들리는 소리를 따라 바위에서 내려 대나무 숲을 찾아갔다. 그리고 무성한 대나무 숲에서 대나무 줄기 하나를 잘라 피리를 만들어 불었다. 성의가 부는 대나무 피리 소리가 얼마나 청아하고 아름다운지 마치 애원하고 호소하는 듯하였다. 성의의 피리 소리에 온 산천이 감동하는 것 같았다.

이때 중국 사신 호 승상이 배를 타고 중국으로 돌아오던 길이었는데 성의가 부는 피리 소리를 들었다. 호 승상은 배를 멈추고 피리 부는 사람을 찾아오게 하였다. 호 승상이 자기 앞에 데려온 성의를 보니 용모는 비범한데 앞을 볼 수 없었는 데다가 의지할 곳도 없는 상황이었다. 성의를 그대로 두면 살 수 없을 것이라고 여긴 호 승상이 성의를 구하여 중국으로 데려갔다. 호 승상이 중국 천자에게 성의를 보이니 황제가 궁궐에서 지내도록 하였다.

황제의 후원에서 살게 된 성의는 피리를 불며 지내었다. 그러던 어느 날 성의가 부는 피리 소리를 황제의 하나밖에 없는 딸 채란 공주가 듣고 그 아름다운 소리를 내는 사람이 누구인지 찾아 데려오게 하였다. 공주는 성의의 피리 소리를 매우 좋아하였는데 성의가 앞을 보지 못하니 공주가 만나는 것을 꺼리지 않았다. 채란

공주는 성의의 피리 소리를 듣기 위해 자주 성의를 찾았다. 그러다 보니 성의와 채란공주가 서로 친해지게 되었다.

한편 성의의 어머니 안평국 왕비는 건강을 되찾긴 하였으나 성의의 생사를 몰라 밤낮으로 슬퍼하였다. 그러다가 왕비가 성의를 그리워하는 마음에 성의가 지내던 방에 가서 성의를 보지 못하는 것을 안타까워하였다. 그런데 왕비는 그곳에서 슬피 우는 기러기를 발견하였다. 알고 보니 그 기러기는 성의가 기르던 것이었다. 왕비가 그 기러기에게 성의의 생사를 묻자 살아 있다고 응답하였다. 그래서 왕비는 즉시 성의에게 편지를 쓰고, 그 편지를 기러기 다리에 매어 성의에게 전달하라고 하며 날려 보냈다.

이렇게 기러기가 왕비의 편지를 매고 성의를 찾아 날아갔는데, 마침내 기러기가 채란공주와 성의가 함께 있는 곳에 도착하였다. 기러기가 채란공주와 성의 주변을 돌아다니며 울고 있으니 이상하게 여겼는데, 성의가 기러기 울음소리를 듣고 자신이 기르던 기러기가 온 것을 깨닫고 기절하였다. 왜냐하면 기러기가 멀리에서 성의를 찾아온 이유가 왕비의 죽음을 알리기 위한 것인 줄 알았기 때문이었다. 그런데 공주가 기러기의 왼쪽 다리에 편지 하나가 매여 있는 것을 발견하였다.

앞 못 보는 성의에게 공주가 편지를 읽어 주었다. 왕비가 성의에게 보낸 편지를 들으니 성의가 한편으로는 가슴이 미어지듯 슬

고전 서사와 성경 이야기

프면서도 다른 한편으로는 반갑고 기쁜 마음이 들었다. 성의가 편지를 듣고 일어나 감사 인사를 하는데 갑자기 두 눈이 번개같이 뜨였다.

앞을 볼 수 있게 된 성의가 주변을 살펴보니 꽃같이 아름다운 공주가 눈에 들어왔다. 공주는 성의가 앞을 보지 못하였기 때문에 아무렇지도 않게 성의를 가까이 만나고, 성의 앞에서 편지를 읽은 것이었는데, 공주가 편지에서 눈을 들어 보니 뜻밖에 성의가 눈을 떠서 자신을 정답게 보고 있었다. 깜짝 놀란 공주는 황급히 일어나 침실로 돌아가 버렸다.

공주가 떠난 뒤 성의는 직접 어머니의 편지를 보고 또 보았다. 성의가 어머니의 간절한 편지를 읽으니 감정이 북받쳤다.

성의는 공주와 호 승상, 그리고 황제에게 각각 감사 인사를 올리고 자신에게 있었던 일들을 자세히 고하였다. 이러한 사연을 다 들은 황제는 황후와 함께 의논하여 성의를 공주의 배필로 생각하게 되었다. 성의가 앞을 볼 수 있게 되니 황제가 호 승상에게 성의를 돌봐줄 것을 부탁하여 성의는 호 승상 집에서 지내게 되었다.

그러던 중 황제가 왕자의 탄생을 기념하여 과거 시험을 시행하였는데, 성의가 과거 시험에 응시하여 장원급제하였다. 과거에 장원급제하여 한림학사를 제수받은 성의는 채란공주와 혼례를 올렸다.

　성의가 공주와 혼인한 후 어느 날 성의가 부모를 만나지 못하고 있음을 슬퍼하였다. 이를 본 공주가 황제에게 허락을 얻어 성의와 함께 안평국으로 길을 떠났다. 성의가 살아서 돌아온다는 소식을 들은 항의는 무사를 시켜 죽이려고 하였다. 항의가 군사를 이끌고 배를 타고 성의를 맞이하러 나갔다. 항의는 성의 일행을 만나자 부하들에게 성의와 공주 일행을 죽이라고 명하였다.

　그런데 이때 어느 용맹한 장수가 나타나 성의를 지켜내고 모질고 악한 항의를 베어 죽였다. 그래서 성의와 공주 일행은 무사히 안평국에 도착하여 국왕 부부와 해후하게 되었다.

　다시 중국에 와서 지내던 성의와 공주는 호 승상 부부가 세상을 떠나자 안평국으로 돌아갔다. 안평국의 국왕 부부와 성의 부부는 함께 행복하게 살다가 국왕이 죽자 성의가 안평국의 왕이 되었다. 안평국 사람들도 태평하게 잘 살았다.

〈적성의전〉은 국문 필사본, 방각본, 활자본 등 여러 판본으로 전해지고 그 자료도 풍부한 편인 것으로 보아 비교적 대중적으로 향유된 작품이라 할 수 있다. 〈적성의전〉은 목판본과 활자본으로 모두 간행되었는데, 간행된 목판본의 종류도 경판본, 안성본, 완판본 등으로 다양하여 널리 많은 사람에게

고전 서사와 성경 이야기

읽혔을 가능성이 높다.

〈적성의전〉에 나타난 형제 사이의 갈등과 유사한 갈등이 〈육미당기〉 등의 다른 고전소설 작품에도 보인다. 〈육미당기〉에서는 신라의 태자가 부왕의 병을 고치기 위해 약을 구하러 갔다가 이복 형제에게 구해온 약을 빼앗기고 눈이 멀게 된 이야기가 나온다. 이 이야기는 〈육미당기〉 전체 서사의 일부에 속한 것이긴 하지만, 〈적성의전〉에서 항의와 성의 사이에 있었던 이야기와 유사성이 보인다. 이러한 이야기가 〈적성의전〉에만 있는 독자적 서사가 아니라는 것은 다른 서사들과의 영향 관계를 생각해 보게 한다.

〈적성의전〉 속 이야기의 연원을 따지자면 불교 계통의 이야기이다. 이렇게 〈적성의전〉의 연원을 불교와 관련짓게 되는 것은 일영주라는 왕비를 살릴 약을 금불보탑존자에게서 얻기 때문이라 할 수 있다. 그렇지만 〈적성의전〉의 핵심은 효성을 실천하는 착한 인물이 왕이 되는 이야기이고, 이렇게 보면 〈적성의전〉의 주제 의식은 효성이나 우애와 같은 유교적 이념에 맞닿아 있기에 단순히 불교 이야기라고 할 수는 없다. 또한 선약을 구하여 병을 고치거나 죽은 사람을 살려내는 것, 피리와 같이 신선 세계와 관련되는 소재 등은 〈적성의전〉의 도교적 성격을 보여주는 것이다.

그리고 〈적성의전〉에는 성의와 중국의 채란공주 사이의 애정 서사가 들어 있기도 하다. 채란공주라는 인물은 앞을 못보는 성의와 지내다가 마침내 혼인에 이르며, 나중에 성의가 자신의 나라로 돌아갈 때 형과 맞서기도 한다. 〈적성의전〉에서 애정 서사의 독자적 기능이 있는지, 전체 서사와 어떻게 관련되는지 하는 점은 형제 갈등과 직접적 관련성이 없기에 여기서는 더 자세히 다루지는 않기로 한다. 작품 전체의 구도로 볼 때 적성의의 귀환과 왕위 등극이 이야기의 절정이라는 점에서 여기서는 항의와 성의의 형제 갈등과 관련되는 지점에 주목하고자 한다.

〈적성의전〉 서사의 시작에서부터 결말에 이르는 이야기 전개의 큰 틀은 항의와 성의라는 형제간 관계 문제이다. 형제 관계를 중심으로 하여 〈적성의전〉의 주요 서사를 간략히 정리해 보았다.

(ㄱ) 왕의 첫째 아들은 항의, 둘째 아들은 성의였다.

(ㄴ) 항의는 악하였고, 성의는 온순하였다. 항의는 성의를 해치려 하였다.

(ㄷ) 성의는 왕비를 살릴 약을 구해 오다 항의에게 약을 빼앗기고 눈도 멀게 된다.

(ㄹ) 항의는 뺏은 약으로 왕비의 병을 고치고, 성의는 앞을 못

보고 헤매다 중국에 간다.

(ㅁ) 성의는 채란공주와 있다가 왕비가 쓴 편지를 듣고 눈을 뜨

게 된다.

(ㅂ) 성의는 장원급제하여 채란공주와 혼인하고 자신의 나라에

돌아가 왕이 된다. 항의는 죽는다.

〈적성의전〉에 나타난 형제 갈등과 비교하여 읽을 성경 이야
기는 에서와 야곱 형제 이야기이다. 성경에 있는 에서와 야곱
이야기는 다음과 같다.[24]

이삭은 리브가와 결혼하여 쌍둥이 형제인 에서와 야곱을 낳았
다. 에서와 야곱은 어머니 뱃속에서부터 싸웠다. 에서와 야곱은
쌍둥이였지만 그 생김새나 성격이 전혀 달랐다. 에서와 야곱이라
는 이름에서 형제의 다른 모습과 성격이 드러난다. 쌍둥이 형제
중 형은 그 모습이 붉고 전신에 털이 털옷 같이 덮여 있었기 때문
에 이름이 에서가 되었다. 후에 나온 아우는 태어날 때 손으로 에
서의 발꿈치를 잡았기 때문에 야곱이라고 이름이 지어졌다.

---

24 에서와 야곱 형제 이야기는 〈창세기〉 25장부터 나온다. 성경에 제시된 에
서와 야곱 이야기를 바탕으로 재구성하였다.

이 형제는 자라나서도 다른 삶을 살았다. 형 에서는 사냥을 잘하는 사람으로 성장하였기 때문에 들을 누비는 사람이 되었고, 야곱은 조용한 사람으로 자랐기 때문에 장막에 주로 거하였다. 아버지 이삭은 에서가 사냥한 고기를 좋아하였다. 그래서 사냥꾼인 에서를 사랑하였다. 어머니 리브가는 집에 주로 있는 조용한 야곱을 사랑하였다.

어느 날 야곱이 죽을 쑤었는데 이때 에서가 사냥하고 들에서 돌아왔다. 매우 피곤하고 배가 고팠던 에서는 야곱에게 이렇게 말했다.

"내가 무척 피곤한데 네가 만든 그 붉은 것을 내가 좀 먹을 수 없을까?"

야곱이 형의 말을 듣고

"그럼 형이 가진 장자의 권리를 나에게 팔아."

라고 하였다. 에서가 말하기를

"내가 지금 배고파 죽을 것 같은데 장자의 권리가 무슨 유익이 있겠냐? 난 지금 당장 그것을 먹고 싶어."

하였다. 야곱이

"그럼 형이 지금 맹세해. 오늘 나에게 장자의 권리를 넘겼다고 말이야."

하니 에서가 야곱에게 장자권을 넘기겠다고 맹세하였다. 이렇게 에서는 장자의 명분을 야곱에게 팔았다.

야곱은 형의 맹세를 받고 나서야 에서에게 떡과 팥죽을 주었다. 에서가 죽 한 그릇에 장자권을 팔아버린 것은 에서가 장자의 명분을 가볍게 여겼기 때문이다.

이런 일이 있은 후 어느 날이었다. 어느새 이삭이 나이가 많이 들어 눈도 어두워졌다. 이삭은 자신에게 남은 날이 얼마 되지 않았다는 것을 깨닫고, 에서를 불러 말했다.

"아들아, 내가 이제 늙어 언제 죽을지 모른다. 그러니 네가 나를 위하여 사냥하고, 내가 좋아하는 별미를 만들어 가져오거라. 그러면 내가 그 음식을 맛있게 먹고, 내가 죽기 전에 마음껏 너를 축복하겠다."

그런데 이삭이 이렇게 에서에게 말할 때 리브가가 듣고 있었다. 리브가는 에서가 사냥하러 들에 나가자 야곱을 불러 말하였다.

"내가 들어보니 아버지가 에서에게 이르시기를 '나를 위하여 사냥을 하여 가져다가 별미를 만들어 내가 먹게 하여 죽기 전에 여호와 앞에서 네게 축복하게 하라.' 하셨다. 그러니 내 아들아, 내 말을 따라 내가 네게 명하는 대로 염소 떼에 가서 좋은 염소 새끼 두 마리를 나에게 가져와라. 그러면 내가 그것으로 네 아버지를 위하여 아버지가 즐기시는 별미를 만들겠다. 네가 그것을 아버지께 가져다 드려라. 그래서 아버지가 그 음식을 드시고 네게 축복하시도록 해라."

야곱이 어머니 리브가에게서 이러한 말을 듣고도 선뜻 따르지 못했는데 그것은 형과 자신이 너무 다르기 때문이었다. 형 에서는 털이 많아 북실북실한데 자기는 매끈매끈하기 때문에 형인 척하다가 들킬 것이라는 걱정이었다. 만약에 야곱이 에서처럼 행세하여 장자의 축복을 가로챘다는 것을 아버지 이삭이 알게 된다면 야곱은 복은 고사하고 오히려 저주를 받게 될 것이기 때문이었다. 그렇지만 리브가는 야곱에게 자신이 시킨 대로 하라고 강권하였다. 혹시 그런 일이 생긴다 하더라도 리브가 자신이 저주를 받을 것이니 걱정말고 염소를 가져오라고 하였다.

리브가는 야곱이 잡아 온 염소 고기로 이삭이 즐기는 별미를 만들었고 야곱을 에서처럼 만들었다. 야곱에게 에서의 좋은 옷을 입히고, 염소 새끼의 가죽을 야곱의 손과 목에 붙여 매끈매끈한 곳을 덮었다. 그리고 자신이 만든 별미와 떡을 가지고 야곱이 이삭에게 나아가도록 하였다.

야곱이 아버지 이삭에게 가서

"아버지!"

하니

"내가 여기 있다. 내 아들아, 네가 누구냐?"

하였다. 야곱이

고전 서사와 성경 이야기

"저는 아버지의 맏아들 에서입니다. 아버지께서 제게 명하신 대로 하였으니 일어나셔서 제가 사냥한 고기를 잡수시고, 아버지 마음껏 저를 축복해 주세요."

하니 이삭이

"내 아들아, 네가 어떻게 이같이 빨리 잡았느냐?"

하니 야곱이

"아버지의 하나님께서 제가 순조롭게 잡도록 해 주셨습니다."

라고 하였다. 이삭이

"내 아들아, 이리로 가까이 와 보거라. 네가 과연 내 아들 에서인지 너를 만져보고 싶구나."

하니 야곱이 이삭에게 가까이 갔다. 이삭이 다가온 야곱을 만져보며 말하기를

"음성은 야곱인데 손은 에서의 손이로구나."

하면서도 야곱의 손이 에서의 손처럼 털이 있으니 분별하지 못하고 야곱을 축복하였다. 이삭은 음식을 먹고 야곱에게서 에서의 향취를 맡은 뒤 야곱에게 에서에게 하려 했던 장자의 축복을 기도해 주었다.

이삭이 야곱에게 축복 기도를 다 하고 나니 그때에서야 형 에서가 사냥에서 돌아왔다. 에서는 이런 일을 전혀 모르고 축복을 받기 위해 이삭에게 고기로 만든 별미를 가져갔다. 이삭은 이미 장

자의 축복을 다 내렸기 때문에

"나는 이미 음식을 먹고 에서에게 축복을 하였는데, 그러면 사냥한 고기를 내게 가져온 자가 누구냐? 네가 오기 전에 내가 이미 고기를 먹고 그를 위하여 축복하였으니 그가 반드시 복을 받을 것이다."

하였다. 에서는 아버지 이삭의 말을 듣고 울면서 애원하였다.

"나의 아버지여! 제발 저에게 축복해 주소서. 저에게도 그렇게 축복하여 주소서."

에서가 이렇게 매달리니 이삭이

"네 아우 야곱이 와서 나를 속이고 네가 받을 복을 빼앗았구나."

하였다. 이 말을 듣고 에서가

"야곱이 저를 속인 것은 두 번째입니다. 예전에는 야곱이 저의 장자의 명분을 빼앗고 이제는 저의 복을 빼앗았습니다. 아버지! 이미 야곱에게 축복을 하셨지만 저를 위해 해줄 수 있는 축복을 남기지 않으셨습니까? 아버지께서 빌 복이 한 가지밖에 없는 것은 아니지 않습니까?"

하며 이삭에게 축복해 주기를 간청하였다. 그렇지만 이삭은 그럴 수 없다고 하였다.

에서는 아버지가 자신이 아닌 야곱에게 축복하고, 자신은 더 이상 받을 복이 없다는 것을 확인하자 야곱을 미워하는 마음으

로 가슴이 터질 듯하였다. 에서는 마침내

"아버지가 돌아가실 때가 얼마 남지 않았으니 내가 내 아우 야곱을 죽이고 말겠다."

하는 마음을 갖게 되었다.

에서가 이러한 생각을 가졌다는 말이 리브가에게까지 들렸다. 리브가는 야곱에게 사람을 보내어 불렀다. 그리고 이렇게 말했다.

"네 형 에서가 너를 죽여 그 한을 풀려고 하니 내 아들 야곱아, 내 말대로 하란에 있는 나의 오라버니 라반에게로 피신하여라. 그리고 네 형의 분노가 풀릴 때까지 라반과 함께 살도록 해라. 네 형의 분노가 풀리면 내가 너에게 사람을 보내어 불러오겠다. 내가 하루 아침에 아들 둘을 잃을 수는 없지 않느냐?"

이렇게 해서 야곱은 하란에 있는 라반에게로 갔다. 야곱은 그곳에서 외삼촌 라반을 도우며 열심히 일을 하여 재산을 모았다. 그리고 라반의 두 딸, 레아와 라헬을 아내로 맞이하였다.

야곱이 하는 일은 매우 잘되어 그 소유가 번창하여졌다. 야곱이 가진 양 떼, 노비, 낙타와 나귀가 많아졌는데, 이를 보고 라반의 아들들이 야곱을 시기하였다. 그들은 야곱이 자신들의 아버지 소유를 다 **빼앗아서** 이 모든 재물을 모은 것이라고 하였다. 이런 말을 듣고 야곱이 라반을 보니 라반의 안색도 전과 같지 않다는 것을 깨닫게 되었다. 그러던 어느 날 하나님께서 야곱에게 자신의 땅으로 돌아가라고 하셨다. 야곱은 자신의 아내 레아와 라헬을 불러 이러한 상황을 이야기하고, 라반에게 말도 하지 않고 가만히 길을 떠났다.

에서가 있는 자신의 고향으로 돌아가게 된 야곱은 미리 사람을 보내어 에서에게 자신의 말을 전하도록 하였다. 야곱은 자신이 외삼촌 라반과 함께 지금까지 지냈으며, 자신에게 소와 나귀와 양 떼와 노비가 있으니 형 에서에게 은혜 받기를 원한다고 전하였다. 그런데 야곱이 보냈던 사람들이 돌아와서 형 에서가 사백 명을 거느리고 야곱을 만나러 온다는 소식을 전하였다. 이를 들은 야곱은 심히 두렵고 답답하였다. 그래서 야곱은 자기와 함께 동행한 사람들과 양, 소, 낙타를 두 그룹으로 나누었다. 그것은 혹시 에서가 와서 공격할지도 모른다고 생각했기 때문이었다. 그래서 에서가 앞선 한 그룹을 공격하면 뒤따르는 나머지 그룹은 도망하여 피할 수 있을 것이라 생각했다. 야곱은 밤새 잠을 이루지 못하며 에서를 만날 준비를 하였다.

야곱은 형 에서가 혹시 여전히 자기를 미워하여 보복할까 두려웠기 때문에 선뜻 앞서 가지 못했다. 야곱이 멀리서 보니 에서가 사백 명의 장정을 거느리고 오고 있었다. 야곱은 자식들을 나누어 레아와 라헬, 그리고 두 여종에게 맡기고 에서에게 가까이 가면서 일곱 번이나 몸을 땅에 굽혔다.

그런데 그때 에서가 달려왔다. 에서는 야곱을 맞이하여 안고 인사하며 울었다. 이렇게 만난 야곱과 에서는 그 사이에 있었던 일들을 이야기하며 서로 화해하게 되었다.

　위의 이야기는 성경의 〈창세기〉에 나와 있는 에서와 야곱과 관련된 서술에서 형제 간의 갈등을 중심으로 발췌, 정리한 것이다. 〈창세기〉에서 에서와 야곱이라는 인물에 대한 이야기 서술은 에서와 야곱 각각의 인생에 대한 것도 있어서 여기에 정리한 서사보다 훨씬 더 분량이 많다. 예를 들면 에서의 결혼에 대한 이야기, 야곱이 레아와 라헬과 결혼하게 되는 과정에 대한 이야기, 야곱이 라반을 떠나올 때 있었던 이야기, 그리고 야곱의 아들들에 대한 이야기와 함께 야곱이 다른 부인을 얻는 이야기, 야곱이 에서를 만나기 전에 고심하며 하룻밤을 보내다 천사와 씨름한 이야기, 야곱이 에서와 화해하며 만난 후의 이야기 등등이다. 이러한 이야기들은 여기에서 다루는 형제 갈등과 직접적으로 관련되지는 않는다고 보아 제시하지 않았다.

　다시 에서와 야곱 형제 사이에 있었던 갈등에 초점을 맞추어 보자. 에서와 야곱 사이의 갈등이 드러난 사건은 죽 한 그릇과 관련된 것이다. 표면에 드러난 갈등은 야곱이 만든 죽을 에서가 원했기 때문에 일어난 작은 실랑이지만, 그 근원에는 야곱의 장자권에 대한 욕심이 자리 잡고 있다.

사냥에서 돌아와 배가 고팠던 에서는 야곱이 끓인 죽 한 그릇에 혹하여 자신이 가진 장자의 명분을 넘기고 만다. 그리고 이 일은 아버지 이삭이 죽을 때가 되어 에서에게 주려고 한 축복을 야곱이 가로채는 사건과 연결된다. 장자의 명분을 빼앗기고 축복도 받지 못한 에서가 야곱을 원망하는 말에서 이를 확인할 수 있다.

한편으로 이런 형제 갈등의 근본적 원인은 에서와 야곱이 원래 갖고 있던 성격의 차이 때문이라고도 할 수 있다. 이러한 에서와 야곱의 형제 관계에 초점을 두어 핵심 서사를 간추려 보면 다음과 같다.

(ㄱ) 이삭의 쌍둥이 형제 중 형은 에서, 동생은 야곱이었다.

(ㄴ) 에서는 털이 많고 사냥을 좋아하였고, 야곱은 조용하여 장막 안에 주로 있었다.

(ㄷ) 에서는 죽 한 그릇에 장자의 명분을 야곱에게 판다.

(ㄹ) 장자의 축복을 야곱이 에서에게서 가로챈다.

(ㅁ) 에서가 야곱을 죽이려 하자, 야곱이 삼촌 라반에게 피신한다.

(ㅂ) 야곱이 아내들과 함께 돌아와 에서와 화해한다.

고전 서사와 성경 이야기

2. 비교하기

〈적성의전〉에서 가장 핵심적인 갈등은 왕의 두 아들인 항의와 성의 형제 사이에서 일어난다. 〈적성의전〉의 서술로 볼 때 항의와 성의의 갈등은 근본적으로 인성의 차이에서 비롯된 것임을 알 수 있다. 형인 항의는 악하고 동생 성의는 선하다고 형제의 성격을 대조적으로 서술하고 있기 때문이다.

항의는 첫째 아들이기 때문에 왕위를 이어받는 것이 당연한 것임에도 불구하고 항의는 늘 성의를 의식하고 경계하며 해치려고 하는 마음을 갖고 있다. 반면 동생인 성의는 자신이 둘째이기 때문에 갖지 못하는 왕위에 대해 욕심을 내지도 않고 항의를 질투하지도 않으며 항의에게 맞서지 않는다. 그럼에도 항의는 성의가 갖고 있지도 않은 욕망에 대해 염려하고, 성의를 질투한다. 항의는 성의가 부모에게 더 사랑받는 것에 화를 내고, 성의가 왕위를 계승할 것을 염려하여 죽이려 한다. 성의가 생명을 잃을 위협을 받고서 겨우 살아나긴 하였으나 눈이 멀어 앞을 보지 못하는 삶을 살아야 하는 고난을 겪은 것은 형인 항의의 질투와 악한 생각에서 비롯된 것이라 할 수 있다.

그래서 〈적성의전〉에 나타난 형제 사이의 갈등은 일방향적 공격 행위로 나타난다. 여기서 일방형적 공격이라 한 것은 갈등이 표현되는 방식이 항의가 성의에게 미움과 공격을 반복적으로 퍼붓는 양상으로 나타나기 때문이다. 성의는 항의에게 일방적인 공격을 받으면서도 절대 맞서거나 보복하지 않는다. 이러한 동생 성의의 태도는 성의가 착하기 때문이라 할 수 있다. 어떻게 보면, 성의에 대해 단순히 착하다는 표현은 부족하다. 착한 사람이라는 기준보다 더 높은 수준의 선함을 가졌다 할 수 있다. 그래서 성의는 형의 공격을 받아치거나 피하는 것이 아니라 순순히 받아들이는 것이다. 이러한 양상은 항의와 성의의 형제 갈등을 선악 대립으로 보이게 한다. 그리고 현실 세계의 세속적 욕망과 초월 세계의 이상이 대립하는 것으로 보이기도 한다.

항의의 인성에서 비롯된 갈등은 성의가 죽을 위기를 맞는 데까지 나아간다. 항의가 가진 내적 갈등과 욕망은 성의의 수용적이고 순응적인 태도에도 불구하고 지속되고 깊어진다. 그러한 중에 항의와 성의의 어머니인 왕후가 중한 병에 걸리는 사건이 일어난다. 그래서 효성이 깊은 성의는 죽을 위험을 무릅쓰고 약을 구하러 가는데, 항의는 오히려 성의가 약을 구해 와서 인정받을 것을 염려한다. 그래서 항의는 약을 구해 오는 성의를 맞이하러 간다는 핑계로 동생 성의를 죽이려는 마음을 갖고 계획을 세운다.

이렇게 항의는 동생이 없어져야 자신의 왕위 계승이 안전하게 이루어질 것이라 믿는다. 이는 성의의 인성이나 능력이 객관적으로 우월하기 때문일 것이다. 그래서 항의는 끊임없이 동생을 없앰으로써 자신의 위치를 공고히 하고자 한다. 그렇지만 성의는 형에 맞서 투쟁하거나 미워하지 않고 형의 자리를 탐내지도 않는다. 성의는 형이 자신을 괴롭히고 목숨까지 빼앗아가려 하는데도 원망하거나 복수하려 하지 않는다.

(가) 국왕이 왕비와 함께 20여 년을 같이 사는 동안에 두 아들을 두었으니 장자의 이름은 항의니 나이가 14세이고, 차자의 이름은 성의니 나이가 12세였다. 성의는 얼굴이 옥과 같이 아름답고, 풍채가 수려하여 이 세상에 사는 사람 같지가 않았다. 장자인 항의는 심술이 불측하고 또 어질지 못하여 늘 그 동생을 시기하여 죽이고자 하였는데 반해, 차자인 성의는 재주가 민첩하고 마음이 어질며 효행이 지극하여 왕이 항상 말하기를,

"성의는 날짐승 가운데는 봉황새 같으며, 길짐승 가운데는 기린과 같다."

이 무렵에 항의는 본심이 불량한데다 그 부모가 성의를 사랑하는 것을 보고 늘 시기하여 마음속으로 해칠 뜻을 품고 지냈다.(299-301쪽)

(나) 항의가 불량한 마음이 뱃속에 들어 날로 커져갔다. 마음 속으로 헤아리기를, '모후께서 성의를 본디 사랑하시거늘 만일 약을 얻어다가 황후가 회복된다면 성의를 더욱 사랑하실 것이니 온 나라에 그 아름다운 이름이 진동할 것이다. 그리되면 내 어찌 왕위를 바라겠는가.' 하며 한 계교를 생각하고 부왕과 모후께 아뢰었다.(321쪽)[25]

(가)와 (나)는 〈적성의전〉의 서두에 제시된 항의와 성의 형제의 성격과 관련되는 서술이다. 여기서 볼 수 있듯이 형제의 성격은 항의는 악인, 성의는 선인 형상으로 집약된다. 항의가 성의를 시기 질투하고 죽이려 하는 것은 "심술이 불측하고 또 어질지 못하여", "본심이 불량"하기 때문이다. 항의가 가진 불량한 마음은 심지어 점점 더 커졌다. 항의의 마음이 이러했기 때문에 항의는 부모가 성의를 사랑하는 것도 견딜 수 없어 하고, 이 문제를 자신의 왕위 계승과 관련지어 생각한다. 그래서 항의는 성의를 해칠 '계교'를 생각해 내는 것이다.

이에 비해 성의는 모든 면에서 완벽해 보인다. 성의의 외모

---

25 여기서 인용한 부분은 완판 97장본 〈적성의전〉이다. 『조웅전·적성의전』(이헌홍 역주, 고려대학교 민족문화연구원, 2015.)의 현대어역을 인용하고 쪽수를 제시한다.

는 얼마나 아름다운지 "이 세상에 사는 사람 같지가 않았다."
고 하고, 이는 그 부모의 말로 "성의는 날짐승 가운데는 봉황
새 같으며, 길짐승 가운데는 기린과 같다."하여 항의의 시기심
을 부추긴다.

　이렇게 형은 악하고, 동생은 선하여 대조적인 형제 사이에
갈등이 있는 중에 어머니의 병환이라는 심각한 문제가 생긴
다. 그런데 어머니를 고칠 약을 구하러 가겠다고 선뜻 자청한
것은 동생 성의이다. 동생은 죽음을 무릅쓰고서라도 약을 구
하러 가지만, 형은 동생 성의가 혹시 약을 구해옴으로써 부모
와 사람들에게 사랑받고 칭송받을 것을 염려한다. 그래서 형
은 동생을 죽이려는 악한 마음을 품는다. 성의의 관심은 어머
니를 살리는 것이지만, 형 항의의 관심은 어머니를 살릴 수 있
는지가 아니라 성의가 어머니 약을 구하여 자신의 왕위를 가
로채지나 않을까 하는 왕위 계승 문제이다.

　그래서 성의가 약을 구하러 떠난 뒤 항의는 부모님께는 약
을 구하러 간 성의가 돌아오지 않는다고 걱정하는 체하며 자
신이 구하러 간다고 한다. 항의가 성의를 구하러 가겠다고 떠
난 길은 실제로는 성의를 죽이기 위한 것이었다. 그래서 항의
는 약을 구해오는 성의를 맞이하고서 부모님 운운하며 약을
건네받는다. 항의가 약을 먼저 챙긴 것은 성의에게서 약을 빼

앗고 나서 성의를 죽이려 하였기 때문이다. 항의는 성의에게 성의가 하지도 않은 일을 했다는 거짓말을 하며 비방하고서 죽기를 촉구한다.

"네가 거짓으로 서역에 가서 일영주를 구하여 오겠다 하고 병든 어머니를 잊어버리고 불도에 침혹하여 이제야 돌아오니 어찌 사람의 자식 된 도리라고 할 수 있겠는가. 이는 천하의 불효. 모후께서 너를 보시면 병세가 더하실 것이니 너희들은 빨리 물에 빠져 부왕의 명을 순순히 받들라."(323쪽)

항의가 이렇게 말하는데도 성의가 물에 빠지지 않자 항의는 무사를 시켜 죽이려 한다. 형이 동생을 죽이려 하는 시도도 잔인한데, 더욱 잔혹한 것은 그러한 시도가 실패하자 자신이 직접 성의의 두 눈을 칼로 찌르고 바다 물결 위로 밀어 버리는 충격적인 장면이 제시되는 것이다. 이 장면에서 친형이 아우를 이렇게 잔인하게 대할 수 있는 것은 형제간의 우애보다 자신의 욕망이 우세하기 때문임을 알 수 있다. 형이 동생을 이렇게까지 잔인하게 대할 수 있는 근본적인 추동력은 항의의 어질지 못한 심성에서 나온 욕망인 것이다.

이때 항의가 무사에게 눈짓하여 성의를 죽이려고 하는데 무사 중 태연이라 하는 사람이 큰 소리로 이르기를,

"세자께서 비록 왕명을 칭하나 어찌 동기간의 인륜을 생각하지 않으십니까? 공자는 지극한 효자이신데, 세자께서는 어찌 인정이 이와 같습니까?"

하고 칼을 들어 모든 무사를 물리쳤다. 항의가 분노를 참지 못하고 달려들어 성의의 두 눈을 칼로 찔러 빼니 성의가 배 안에 엎어지며 두 눈에 피가 흘러 얼굴을 적셨다. 이어서 성의가 탄 배의 조각을 깨뜨려 한 조각 위에 그를 앉히고 물결 위로 밀어버리니 (325-327쪽)[26]

성의를 죽이려는 항의에 대해 태연이 하는 말은 인간된 도리에서 어긋나는 항의의 행위를 비난하는 것으로, 인류 보편의 윤리를 일깨우는 것이라 할 수 있다. 이 말을 통해 항의의 행동이 비록 왕의 명령이라 할지라도 인륜에 위반되는 것이어서는 안 된다는 보편적 윤리관을 볼 수 있다.

그런데 항의의 행동에 대해 태연이 개입하여 저지하는 것은 항의와 태연의 관계를 볼 때에 의아한 구석이 있다. 그것은 태

---

26 인용한 번역문에 '피'라는 단어가 빠져 있어 여기에서는 넣었다. 원문에는 피가 흘렸다고 나와 있기 때문이다.

연이 항의의 부하일 것이기 때문이다. 〈적성의전〉 내에서는 태연이 정확히 누구의 부하인지 제시되지 않아 알 수 없지만, 이전 장면에서 성의의 부하들이 다 죽은 것으로 나오기 때문에 항의의 부하라고 보는 것이 적절할 것 같다. 그러고 보면 태연의 행위가 더욱 의아하다. 아무리 항의의 행위가 패륜적이라 할지라도 부하가 감히 나서서 제지할 수 있을지 의문스럽기 때문이다. 그래서 이러한 태연의 등장은 서사 전개 과정에서 보편적 윤리를 설파하고 성의를 죽지 않게 하는 계기를 마련하기 위한 것임이라 추측할 수 있다.

항의와 성의 간에 일어난 이 사건은 근본적으로 항의의 악한 심성에서 비롯된 것이기 때문에 그 갈등의 해결도 항의를 통해서 이루어질 수 있을 것이다. 항의가 자신의 악한 심성이 잘못된 것을 알고 고치든지, 성의에 대해 갖고 있는 오해와 왕위 계승에 대한 과도한 집착을 버리고 제대로 된 마음을 가짐으로써 갈등을 해결할 수 있다. 만약 그렇지 않다면 항의가 끝내 성의를 죽이든지 성의를 어디론가 보내 눈앞에 보이지 않게 하든지, 항의가 성의에게 굴복해야 이 갈등이 마무리될 수 있다.

위의 장면에서는 성의가 눈을 다쳐 앞을 못 보게 된 상황에서 바다에 빠짐으로써 항의와 성의의 갈등이 일단락되었다.

고전 서사와 성경 이야기

아마 항의는 성의가 죽었을 것이라 생각하고 성의에 대해 가졌던 우려가 해결되었다고 여겼을 것이다. 그렇지만 성의가 죽지 않고 살아있었기 때문에 항의와 성의의 갈등은 언제든 다시 표출될 수 있는 것이었다. 그래서 앞 못 보던 성의가 눈을 떠서 보게 되고, 어엿한 관료가 되어 항의 앞에 다시 돌아온다는 소식은 항의에게 굉장히 큰 위협이 되었을 것이다.

공주와 함께 다시 자신의 고국에 돌아오는 성의를 맞이하러 간 항의가 의도한 것은 반드시 성의를 죽이겠다는 것이었다. 성의와 항의가 다시 만나는 장면은 마치 예전에 약을 구하여 오는 성의를 항의가 맞이한 일이 반복되는 것처럼 보인다. 달라진 것이 있다면 성의가 아내와 함께 금의환향한다는 것이다. 이러한 성의에게 칼을 들이대는 항의의 행동은 그 사이 잠재해 있던 항의와 성의의 갈등이 표면에 드러난 것이라 할 수 있다.

이 부분에서 항의와 성의 형제 갈등이 화해 과정을 통해 풀어지는 것이 아니라 악한 항의의 죽음으로 파국을 맞는 것을 볼 수 있다. 이 결과를 성패의 문제로 본다면 형이 동생에게 굴복한 것이라 할 수 있다. 그런데 형제간의 갈등이 형제 사이에 우애를 확인하거나 용서하는 방식, 혹은 형제간의 결별과 같은 방식이 아니라 다른 사람에 의한 징치의 형태로 마무리

되는 것은 항의와 성의 사이의 갈등에 대해 엄정한 윤리적 기준을 적용한 것으로 보인다. 이것은 형제 갈등이라는 매우 사적인 문제가 사회적 윤리라는 공적 차원에서 처리된 것이라 할 수 있다.

(가) 항의가 마음속으로 헤아리되 '성의가 틀림없이 죽은 줄로 알았는데 어찌하여 살았으며 이다지 영귀하게 되었는고. 만일 성의가 오면 나의 전후 행적이 발각되겠구나.'하고 매우 근심하다가 한 계교를 생각하고 …(중략)… "그대가 나를 위하여 오백 군사를 거느리고 중로에 나가 매복하였다가 성의 일행을 쳐서 함몰시키고 돌아오면 천금의 상을 아끼지 않겠다. 그리고 내 장차 왕이 되는 날 무거운 소임을 맡길 것이니 그대는 힘을 다하여 성사케 하라."(403-405쪽)

(나) 이때 항의가 적부리 형제에게 약속하여 보내고 소식을 탐지하더니 적부리 형제가 공주의 칼 아래에 죽었다는 소식을 듣고 분기를 참지 못하여 말하기를,

"내 적부리를 수족같이 여겼는데 부리 형제가 여자의 칼 끝에 영혼이 되었으니 장차 나의 일을 어찌 하겠는가. 반드시 성의를 죽여 후환을 덜리라."

하고 나오더라. 문득 뒤에서 한 사람이 칼을 들고 내달아 꾸짖

어 말하기를,

"나는 당시에 배를 타고 중로에 마중 나갔던 태연이다. 인륜을 모르는 항의는 들어라. 네가 전일 바다에서 어진 대군을 죽이려 하거늘 만류했더니, 칼로 대군의 두 눈을 찔러 모난 판자 쪽에 태워 바다 속에 밀쳤으니 이는 사람의 할 바가 아니다. 천도가 명감하여 상한 눈을 다시 뜨고, 영화롭고 귀하게 되어 고국에 돌아오니 기뻐하지 않는 자가 없는데, 네 홀로 포악하여 윤기를 모르고 골육을 군이 해치고자 하니 무슨 원수로 그러느냐?"

하며 말을 마치기도 전에 칼을 들어 항의의 목을 치니 머리가 땅에 뒹구는지라. 이때 보는 자 그 누가 상쾌하게 여기지 않으리오? 보고 듣는 사람이 모두 태연을 의로운 남자라고 칭찬하더라. 그러나 태연이 말하기를,

"내 이제 항의를 죽여 장부의 답답함을 덜었으나 왕자를 죽였으니 나도 죽는 것이 옳도다."

하고 자결하니 이는 뒷사람을 경계함일러라.(411쪽)

위의 장면은 앞을 볼 수 있게 된 성의가 성공한 모습으로 돌아온다는 말을 듣고, 항의가 또 다시 성의를 죽이고자 계획하였다가 결국 자신이 죽게 되는 부분이다. (가)는 항의가 성의의 귀환 소식을 듣고 성의를 죽이고자 계교를 세워, 적부리

형제에게 일을 시키는 부분이다. (나)는 항의가 성의를 죽이도록 일을 시킨 적부리 형제가 성의의 부인에게 죽자, 항의가 분을 내고 나섰다가 성의의 무사인 태연에게 목이 베어 죽는 장면이다.

(가)에서는 항의가 성의에 대해 품고 있는 나쁜 마음과 그것을 실행하기 위해 항의가 적부리에게 시킨 일의 내용을 알수 있다. 여기서 볼 수 있는 항의의 성격은 작품 서두에 제시된 것과 다름없이 여전히 악하다는 것이다. 약을 구해 오는 성의를 죽이려 하는 부분에서나 다시 앞을 보게 되고 귀하게 되어 집으로 돌아오는 성의를 죽이려는 부분에서나 항의는 일관되게 악함을 보여준다.

(나)에서 볼 수 있듯이, 이러한 악한 항의는 성의에 의해서가 아니라 성의의 무사에 의해 죽음을 맞이한다. 주목되는 것은 성의를 죽이려는 항의에게 성의는 결코 맞서 대적하지 않는다는 것이다. 성의는 항의의 무리한 요구에 대해서도 화를 내거나 맞서 투쟁하지 않는다. 오히려 이러한 순간 성의 대신 성의의 주변 인물이 나서서 대응한다. 적부리 형제가 성의를 죽이겠다고 달려들었을 때에는 성의의 부인이 나서서 물리치는가 하면, 항의가 동생 성의를 죽이려 하자 부하인 태연이 등장하여 항의를 꾸짖으며 목을 친다.

130

이는 성의의 선한 성격을 일관되게 그리고 완벽하게 그려 내고자 한 의도로 보인다. 그리고 항의와 성의의 형제 갈등을 부하에 의한 처벌 방식으로 마무리함으로써 사적인 문제를 공적으로 해결하고 있음을 알 수 있다. 〈적성의전〉에서 항의와 성의의 형제 갈등은 이렇게 형 항의의 죽음으로 해결되는 국면을 맞이한다.

여기서 한 가지 생각해 볼 부분은 항의와 성의를 대하는 부모의 태도이다. 〈적성의전〉의 서술상으로는 항의의 악한 성격이나 성의를 대하는 항의의 문제를 그 부모는 걱정하거나 문제 삼지 않는다. 그리고 두 아들에 대해 부모가 동등하게 대하지 않았음을 보여준다. 다시 말해 부모가 항의보다는 성의를 아끼고 사랑하였다는 것이 몇몇 장면에서 드러난다. 그중 대표적인 장면이 세자 책봉에 대한 논란이다. 항의가 첫째 아들이므로 세자로 당연히 책봉되어야 할 것이었지만 성의의 됨됨이를 높이 평가한 아버지는 성의를 세자로 삼고 싶어한 것이다. 신하들의 제지로 결국 항의가 세자로 책봉되기는 하였으나, 그 과정에서 항의의 마음이 불편했을 것이 당연하다. 그렇지만 부모는 이러한 항의의 입장이나 마음에 대해 별로 마음을 쓰지 않고 성의를 신뢰하고 아끼는 경향을 보인다.

항의의 악하고 비뚤어진 마음이 원래 그러한 것인지 부모의 편중된 사랑 때문인지는 확정지을 수 없다. 그렇지만, 항의의 성장 과정에서 부모가 이를 알고 바로잡는 노력을 했더라면 이렇게 항의가 죽음에 이르는 결말을 맞이했을까 하는 의문을 가져볼 수 있다. 또한 애초에 부모가 성의를 편애하는 성향을 가지지 않았다면 혹은 부모가 이를 각성하고 스스로 바로잡았다면 이렇게까지 갈등이 격화되지는 않았을 것이라 할 수 있다.

항의가 성의에 대해 가진 적개심의 정도는 친형제라고 생각이 되지 않을 정도로 심각하다. 그리고 항의 성격은 동생을 죽이려 할 정도로 잔인하다. 이러한 형의 불의한 마음에서 비롯된 형제 갈등은 가족 내에서 원만하게 해결되지 못하고 가족 외의 다른 사람, 즉 국가 차원의 구성원인 신하의 개입이라는 공적 차원에서 해결되어, 항의가 죽음을 맞음으로써 모든 갈등이 해소되는 안타까운 결말을 보인다.

에서와 야곱 형제의 경우는 〈적성의전〉과 같이 형제간 갈등 이야기라는 점에서 공통적이지만 갈등의 전개와 결말 양상에서 다른 점도 보인다. 전체적인 이야기 비교를 위해 다음과 같이 표로 정리해 보았다.

고전 서사와 성경 이야기

〈적성의전〉	에서와 야곱
(ㄱ) 왕의 첫째 아들은 항의, 둘째 아들은 성의임	(ㄱ) 이삭의 쌍둥이 형제 중 형은 에서, 동생은 야곱임
(ㄴ) 항의는 악하고, 성의는 온순했는데, 항의는 성의를 해치려 함	(ㄴ) 에서는 털이 많고 사냥을 좋아하였고, 야곱은 조용하여 장막 안에 주로 있었음
(ㄷ) 어머니 약을 구해 오던 성의는 항의에게 약을 빼앗기고 봉사가 됨	(ㄷ) 에서는 죽 한 그릇에 장자의 명분을 야곱에게 팖
(ㄹ) 항의는 뺏은 약으로 왕비의 병을 고치고, 성의는 눈이 멀어 헤매다가 중국 천자에게 감	(ㄹ) 에서가 받을 장자의 축복을 야곱이 가로챔
(ㅁ) 성의는 채란공주와 지내다 왕비가 쓴 편지를 듣고 눈을 뜸	(ㅁ) 에서의 분노가 두려웠던 야곱은 삼촌 라반에게 피신함
(ㅂ) 성의는 채란공주와 혼인하고 고국에 돌아가 왕이 되고, 항의는 죽음	(ㅂ) 야곱이 아내들과 함께 돌아와 에서와 화해함

형과 아우의 관계라는 측면에서 볼 때, 에서와 야곱의 관계가 항의와 성의의 관계와 유사한 점은 한 가정 혹은 국가라는 공동체 내에서의 최고 권위를 두고 경쟁한다는 것이다. 항의가 성의를 죽이겠다는 마음까지 갖게 된 것은 근본적으로 왕권 계승 문제 때문이었다. 항의와 성의가 속한 공동체는 가족이자 국가라는 이중성을 지닌다. 항의가 추구하는 왕위 계승

은 가정 내 최고 권위의 문제이자 동시에 국가의 최고 권위 문제이다. 이와 유사하게 에서와 야곱이 서로 경쟁을 하여 얻고자 한 것은 가문의 계승 자리, 즉 장자권이다.[27]

다른 한편으로 형제 갈등의 결과 측면에서 이 두 이야기를 보면, 결국 에서가 장자권을 얻지 못했다는 점은 항의가 왕위 계승을 하지 못한 것과 유사하다. 물론, 항의가 죽음을 당한 것과 다르게 에서와 야곱은 서로 화해하고 각자의 삶을 살아간다는 차이점이 있다. 그렇지만, 이 두 이야기는 공통적으로 형이 동생에게, 자신이 원했던 공동체의 최고 자리를 넘겨주게 된 과정을 보여준다. 이제 차이점을 중심으로 두 이야기를 살펴보도록 하자.

에서와 야곱 형제 사이의 갈등은 항의와 성의 형제와는 갈등의 원인과 갈등 표출의 방향 측면에서 차이가 있다. 항의와 성의 형제의 경우에는 형인 항의가 동생 성의에 대해 가진 열등감과 항의 자신의 악한 심성에 갈등의 원인이 있다 할 수 있

---

27 유윤종에 의하면 "구약성경에서 장자권은 종교적, 사회적 의미에서 신앙과 가문을 이어나가는 특권"으로서 "구약성경에서 이 장자권이 뒤바뀌는 사건이 자주 일어난다"고 한다(유윤종, 「야곱에서 이야기에 나타난 장자권의 역전」, 『복음과 신학』 5, 평택대학교 피어선기념성경연구원, 2002, 33쪽.). 유윤종은 성경에 나타난 장자권의 역전 모티프를 창세기에서의 가인과 아벨, 출애굽기에서의 열번째 재앙(장자의 죽음), 사무엘서에서 브닌나와 한나, 엘리의 두 아들과 사무엘, 사울과 다윗 등의 위상 역전 등을 들었다.

다. 그렇지만 에서와 야곱의 경우, 형제가 서로 대비되는 성격을 가지고 있다는 점에서는 항의와 성의 간의 갈등과 공통적이라 할 수 있으나 선악의 문제가 아니라 욕망의 크기에서 온 갈등이며 동생인 야곱이 형이 가진 것을 욕심내었다는 점이 다르다.

항의는 원래 형이었기에 지위 상 이미 왕위 계승의 후계자로 지명된 세자였고, 왕이 될 가능성이 높았음에도 불구하고 악한 심성과 괜한 열등감으로 인해 동생을 죽이려 하였다. 그런데, 에서는 자신이 원래 가지고 태어난 장자권이 얼마나 귀중한 것인지 그 진정한 가치를 몰랐기 때문에, 그것을 소중히 여기고 지키는 마음이 별로 없었다는 것이 문제였다. 이에 비해 야곱은 동생이었음에도 불구하고 장자권에 대한 열망이 지극하여 형이 가진 장자권을 여러 가지 방법으로 자신이 가지려는 시도를 한 것이다.

에서와 야곱의 성격 차이는 태어날 때의 서술에서, 그리고 이름의 뜻에서 알 수 있다. 야곱이라는 이름은 형 에서의 발꿈치를 붙잡고 태어난 데에서 붙여진 것이다. 이러한 야곱의 모습은 태어날 때부터 형을 이기고자 하는 욕망을 가지고 있었다고 볼 수 있다. 야곱이 지닌 이런 욕망은 어느 정도 이해할 만한 것이기도 하다. 그것은 에서와 야곱은 형제라고는 하지만 형과 아우 사이의 나이 차이가 거의 없는 쌍둥이였기 때문이다. 야곱의 입장에서 생각해 보면, 같은 날 같이 태어났는데 세상에 누가 먼저 나왔나 하는 한 순간의 차이로 자신이 아우가 되었다는 것에 불만을 가질 만하다.

이러한 점에서 에서와 야곱 형제의 문제는 어느 누가 악한가에서 비롯된 것이 아니라 누가 더 강한 열망을 가지고 더 노력하였는가 하는 성취의 관점에서 생각해 볼 수 있다. 만약 야곱이 주어진 자리에 만족하고 순응하는 성격을 가졌더라면 에서가 가진 장자의 자리에 도전할 생각은 할 수 없었을 것이다. 당시 사회에서 맏형이 장자의 명분을 가지는 것은 당연하고 분명한 규범이었기 때문이다.

(가) 에서가

"내가 지금 죽을 것 같으니 장자의 명분이 내게 무슨 유익이 있겠냐?"

라고 하니, 야곱이

"오늘 나에게 맹세해. 형의 장자의 명분을 나에게 넘긴다고."

에서는 맹세하고 장자의 명분을 야곱에게 팔았다. 그래서 야곱은 에서에게 떡과 팥죽을 주었다. 에서가 죽을 먹기 위해 장자의 명분을 야곱에게 팔았으니, 이는 에서는 장자의 명분을 가벼이 여

겼기 때문이다.(창세기 25장 31-34절)

(나) 에서가 그의 아버지의 말을 듣고 소리 내어 울며 아버지에게 이르되

"내 아버지여, 내게 축복하소서! 내게도 그리하소서."

이삭이 이르되

"네 아우가 와서 속여 네 복을 빼앗았도다."

에서가 이르되

"그의 이름을 야곱이라 함이 합당하지 아니합니까? 그가 나를 속임이 이것이 두 번째입니다. 전에는 나의 장자의 명분을 빼앗고 이제는 내 복을 빼앗았나이다."

또 이르되

"아버지께서 나를 위하여 빌 복을 남기지 아니하셨나이까?"

이삭이 에서에게 대답하여 이르되

"내가 그를 너의 주로 세우고 그의 모든 형제를 내가 그에게 종으로 주었으며 곡식과 포도주를 그에게 주었으니 내 아들아 내가 네게 무엇을 할 수 있으랴?"

에서가 아버지에게 이르되

"내 아버지여, 아버지가 빌 복이 이 하나뿐이겠습니까? 내 아버지여, 내게 축복하소서! 내게도 그리하소서!"

하고 소리를 높여 우니 그 아버지 이삭이 그에게 대답하여 이

르되

"네 주소는 땅의 기름짐에서 멀고 내리는 하늘 이슬에서 멀 것이며 너는 칼을 믿고 생활하겠고 네 아우를 섬길 것이며 네가 매임을 벗을 때에는 그 멍에를 네 목에서 떨쳐버리리라."

하였더라. 그의 아버지가 야곱에게 축복한 그 축복으로 말미암아 에서가 야곱을 미워하여 심중에 이르기를 '아버지를 곡할 때가 가까워졌은즉 내가 내 아우 야곱을 죽이리라.' 하였더니(창세기 27장 34-41절)

(가)와 (나)는 에서와 야곱 사이에 갈등이 시작되고 정점에 이르게 되는 계기와 결과를 보여준다. 에서와 야곱 사이에 금이 가게 된 첫 번째 사건은 '죽 한 그릇' 매매이다. 사냥에서 돌아와 배가 고팠던 에서는 맛있게 죽을 끓인 야곱에게 자신의 장자권을 넘긴다. 야곱이 죽 한 그릇을 놓고 형에게 장자권을 요구한다는 것이 한편으로는 장난스럽기도 하고, 다른 한편으로 황당하다고 할 수 있다. 그런데 에서는 이런 요구를 묵살하거나 반대하지 않고 야곱의 요구대로 장자권을 팔겠다고 맹세한다. 이 장면에서 에서와 야곱의 성격 차이가 잘 드러난다. 사냥꾼으로서 활달한 성격을 지닌 에서는 자신의 배고픔이라는 욕망에 눈이 어두워 자신이 가진 장자권을 지킬 생각

은 하지 못한다. 그렇지만 야망이 크고 형을 이기고 싶은 마음이 간절한 야곱은 형의 이러한 성격을 이용하여 죽 한 그릇으로 장자권을 획득한다.

약속은 약속이었는지, 이후로 에서는 장자권[28]을 가질 수 없었다. 그런데 이후 사건 서술로 볼 때, 야곱은 장자권을 넘겨받았다고 생각했으나 에서는 여전히 자신에게 장자권이 있다고 생각한 것으로 보인다. 이삭이 스스로 죽음이 임박한 것을 알고 에서에게 음식을 준비하도록 시키고, 에서가 아버지의 요구대로 사냥을 하러 나갔다는 데에서 이를 알 수 있다. 예전에 에서가 죽으로 장자권을 넘기겠다고 한 약속과 상관없이 에서가 축복을 받을 수 있는 상황이었던 것이다. 문제는 에서가 장자의 축복을 받는다는 상황을 리브가가 알았다는 것이다. 리브가는 야곱에게 에서처럼 행세하여 장자의 축복을 받도록 하였고, 결과적으로 에서는 자신이 받을 축복을 야곱이 가로챈 것으로 생각하고 있다. 이는 (나)에서 확인할 수 있다.

---

28 '장자의 명분'은 1)가정의 권위를 계승하고, 2)상속 배분에서 다른 형제보다 2배를 받으며, 3)하나님의 언약을 후손에게 전하는 신앙 계승자의 특권을 말하는 것이라 한다(가스펠서브, 『교회용어사전: 교회 일상』, '장자의 명분', https://terms.naver.com/entry.naver?docId=2376435&cid=50762&categoryId=51365).

그가 나를 속임이 이것이 두 번째입니다. 전에는 나의 장자의 명분을 빼앗고 이제는 내 복을 빼앗았나이다.

(나)에서 에서가 부르짖듯이, 야곱이 처음에는 형 에서가 가진 장자권을 죽 한 그릇으로 빼앗았고, 두 번째로는 아버지를 속여 장자가 받을 축복을 빼앗았다. 이러한 설명에서 에서는 자신이 가진 장자권을 지켜야 한다는 의식이 없는 데 비해, 야곱은 장자권을 가져야겠다는 마음이 크고, 그것을 위해 매우 적극적으로 움직였음을 알 수 있다. 에서는 자신이 형이라서 가지고 있는 장자권을 당연하게 여기고 그것을 특별히 지켜야 하는 것이라고 생각하지 않은 듯 보인다. 그런데 야곱은 자신이 동생임에도 불구하고 장자권을 가질 수 있다고 생각하고 그것을 위해 행동한 것으로 볼 수 있는 것이다.

이러한 점에서 에서와 야곱 형제 사이의 갈등은 장자권을 야곱이 탐하였기에 생긴 것이라 할 수 있다. 야곱이 동생으로서 동생의 위상과 권리에 만족했더라면 굳이 에서가 가진 장자권을 뺏으려 하지 않았을 것이다. 동시에 에서가 자신이 장자로서 가진 권리와 축복의 가치를 제대로 인식하고 있었다면 동생에게 장자의 자리를 내어주는 어리석음을 범하지 않았을 것이다.

에서가 죽을 먹기 위해 야곱에게 장자의 명분을 팔았으니, 이것은 에서가 장자의 명분을 가볍게 여겼기 때문이다.

위에서 보듯이, 성경의 서술자는 야곱과 에서가 장자권을 두고 거래한 것에 대해 에서가 장자의 명분을 가볍게 여겼다고 평가하고 있다. 이렇게 장자의 자리에 앉고 싶어 하는 야곱과 장자의 권리를 소중히 여기지 않은 에서의 다른 생각이 결국은 야곱이 장자권을 얻고 장자의 축복을 받는 결과를 낳았으며, 그로 인해 에서와 야곱은 화해하기 어려운 갈등 상태에 이르렀다 할 수 있다.

여기서 주목할 것은 동서양을 막론하고 장자에 대해 특별한 권리나 축복을 허용한다는 공통점이다. 우리 고전소설에서든 성경 이야기에서든 알 수 있는 것은 전통적으로 장자에게 특권을 주는 문화이다. 장자가 기본적으로 부모의 유산을 많이 받고, 가문 내 지위도 계승하며 허락받은 권위도 큰 것이다. 항의가 근심한 것이 자신의 왕위 계승 문제였듯이, 에서가 불만을 가지고 원망하는 것도 장자가 가질 권리와 축복을 빼앗겼다는 문제이다. 이 문제가 얼마나 심각한지는 장자권의 문제로 살인 충동까지 갖게 된다는 데에서 확인할 수 있다.

야곱은 에서에게서 장자가 받을 축복을 가로챈 다음 죽음의 위기를 느끼고 라반에게로 도망한다.[29] 야곱이 받을 수 있는 모든 축복을 이미 다 받았다면 두려워할 것이 없지 않나 하는 의문을 가질 수도 있겠으나 에서가 야곱에 대해 원망하는 마음과 살의를 가졌기 때문에 야곱은 도망가야 하는 상황이라 할 수 있다.

이러한 맥락에서 보면 야곱은 비록 장자의 축복을 받았으나 당장에는 그 축복에 걸맞는 삶을 영위하지는 못했다고 할 수 있다. 야곱은 형에게 죽을 수도 있다는 두려움에 집에 더이상 머물지도 못할 상황이었다. 그래서 야곱은 자신의 집에서 벗어나 라반의 집으로 도망하였으며, 오랜 시간이 지났음에도 형에 대한 빚진 마음과 두려움을 떨쳐낼 수 없었다.

그 두려움이 얼마나 컸었는지는 야곱이 에서와 재회하기까지의 과정을 통해서 알 수 있다. 야곱은 네 명의 아내와 자식들, 많은 양떼와 재물을 가지고 귀향하면서도 에서를 당당히

---

29 라반은 어머니 리브가의 오빠이다. 리브가는 맏아들 에서가 야곱을 죽이려 한다는 말을 듣고 다음과 같이 말하여 야곱을 도망시킨다.
　　"네 형 에서가 너를 죽여 그 한을 풀려 하니 내 아들아, 내 말을 따라 일어나 하란으로 가서 내 오라버니 라반에게로 피신하여 네 형의 노가 풀리기까지 몇 날 동안 그와 함께 거주하라. 네 형의 분노가 풀려 네가 자기에게 행한 것을 잊어버리거든 내가 곧 사람을 보내어 너를 거기서 불러오리라. 어찌 하루에 너희 둘을 잃으랴."(창세기 27:42-45)

맞을 엄두를 내지 못한다. 에서에게서 죽음 당할 위기를 느껴
도망했던 야곱이기에 야곱이 에서를 다시 만나는 것은 죽음을
무릅쓴 일이었던 것이다.

(가) 사자들이 야곱에게 돌아와 이르되

"우리가 주인의 형 에서에게 이른즉 그가 사백 명을 거느리고
주인을 만나려고 오더이다."

야곱이 심히 두렵고 답답하여 자기와 함께 한 동행자와 양과
소와 낙타를 두 떼로 나누고 이르되

"에서가 와서 한 떼를 치면 남은 한 떼는 피하리라."(창세기
32:6-8)

(나) 내가 주께 간구하오니 내 형의 손에서, 에서의 손에서 나를
건져내시옵소서. 내가 그를 두려워함은 그가 와서 나와 내 처자
들을 칠까 겁이 나기 때문이니이다.(창세기 32:11)

(가)는 야곱이 라반을 떠나 고향에 도착할 즈음에 에서에
관해 소식을 듣는 장면이고, (나)는 에서가 자신을 만나러 온
다는 이야기를 듣고 야곱이 기도한 내용이다. 야곱이 에서에
대해 매우 두려워하고 있었다는 것을 자신이 고향에 도착하기
전에 에서가 어떻게 하고 있는지를 파악하기 위해 사자를 보

냈다는 것에서도 추측할 수 있다.

(가)에서 보듯이, 야곱은 사자에게서 에서가 자신을 만나려고 온다는 말을 듣고서 "심히 두렵고 답답하여" 했다고 서술하고 있다. 이는 에서가 사백 명을 거느리고 오고 있다는 것에 대한 야곱의 해석 때문이다. 즉 야곱은 에서가 단순히 자신을 맞으러 오는 것이 아니라 죽이러 오는 것일 수 있다고 생각한 것이다. 야곱은 이에 대비하는 방법으로 자신의 일행과 소유를 두 떼로 나누어 가도록 한다. 그리고 얼마나 깊이 근심하였는지 (나)에서 보듯이 "내 형의 손에서, 에서의 손에서 나를 건져내"어 달라고 기도한다. 에서는 야곱이 구원의 기도를 올려야 할 만큼 위험하고 피하고 싶은 존재였던 것이다.

갈등 있는 두 형제의 만남이라는 측면에서 에서와 야곱의 만남과 항의와 성의의 만남은 큰 차이를 보인다. 항의는 성의를 죽이기 위해 만나러 갔지만 성의는 이러한 상황을 전혀 예상하지 못하고 있다가 죽을 위기를 겪는다. 그렇지만 에서는 야곱을 죽이기 위해 만나러 왔다고 확정 짓기는 어렵고, 실제로 에서가 야곱을 만났을 때 기쁨으로 환영하고 있다. 오히려 야곱이 에서에 대해 죽음의 공포를 느끼고 경계하는 태도를 지닌 것이다.

이러한 에서와 야곱 형제의 갈등은 앞서 본 항의와 성의 형

144

제와 같이 부모 사랑의 문제와 관련지어 볼 수 있다. 에서와 야곱은 태어날 때부터 매우 다른 성격을 지니고 있었다. 형인 에서는 사냥을 좋아하는 혈기왕성한 다혈질의 성격이라 할 수 있었고, 야곱은 집에서 조용히 있는 것을 좋아하는 얌전한 성격이었다. 그래서인지 아버지는 에서를 사랑하고, 어머니는 야곱을 더 사랑하였다고 서술되어 있다. 말하자면 부모가 형제를 동일하게 사랑한 것이 아니라 아버지와 어머니가 각각 편향적 사랑을 가진 것이다.

그런데 항의와 성의 형제 경우는 부모가 어느 한 자식만 더 사랑하는 양상이어서 에서와 야곱의 경우와 사뭇 다르다. 항의의 경우에는 그 부모가 성의를 더 인정하고 사랑하였기 때문에 성의를 미워하고 죽이려고까지 할 수 있었다고 볼 수 있다. 부모의 차별적 사랑이 악한 마음을 더욱 부채질한 측면이 있는 것이다. 아버지나 어머니나 모두 성의를 더 아끼고 사랑하였음이 서술되고 있어 이를 확인할 수 있다.

에서와 야곱 형제의 경우, 아버지 이삭이 에서를 더 사랑하고, 어머니 리브가가 야곱을 더 사랑한 것은 에서와 야곱이 가진 성격과 취향이 매우 달랐고 그것이 각각 아버지와 어머니에게 대응되는 것이었기 때문이라 할 수 있다. 이삭은 고기를 좋아하였는데, 에서가 사냥을 좋아하였기 때문에 직접 잡은 좋은 고기로 아버지를 만족시켰을 것이다. 반면 야곱은 조용히 장막 안에 거하길 좋아하였기에 이러한 성격은 집안일을 도맡아 하는 어머니에게 흡족함을 주었을 것이다. 그래서 누가 장자인가, 장자권을 누가 가졌는가의 여부를 떠나 아버지는 에서를 축복하기를 원했을 것이고, 리브가는 야곱이 축복받기를 원했을 것이다. 에서와 야곱 두 형제가 가진 욕망의 대립은 이삭과 리브가 부부가 부모로서 가진 편애에 그대로 대응된다.

에서와 야곱의 욕망 대립이 단지 형제 갈등이 아니라 부부가 가진 자식 사랑의 차이와 관련되는 것은 에서가 가진 장자권을 얻어낸 야곱이 아버지 이삭의 축복을 가로채는 과정에서도 확인할 수 있다. 야곱이 에서의 축복을 받을 수 있었던 과정에는 어머니 리브가의 공이 크게 작용했다. 리브가가 이삭의 말을 듣고 야곱이 축복을 받을 수 있도록 조언하고 도왔기 때문이다. 만약 리브가의 정보 제공과 전략이 없었다면 야곱이 이삭에게서 축복을 받을 수 없었을지도 모른다.

장자의 축복을 받을 방법이 다 마련되었음에도 한 순간 야곱은 머뭇거린다. 그것은 형의 축복을 뺏으려 하다 자신이 도리어 저주를 받을지 모른다는 두려움이 야곱에게 생겼기 때문이다. 그렇지만 리브가는 단숨에 야곱을 안심시키고 자신의 전략대로 행동하도록 독려한다. 리브가는 말 그대로 아버지 이삭을 속이는 방도를 알려주고 야곱을 도와 이삭의 축복을 받을 수 있도록 한다.

이렇게 죽음의 위기까지 간 에서와 야곱 형제의 갈등은 야곱이 삼촌 라반의 집에서 돌아옴으로써 화해로 종결된다. 장자권과 축복을 두고 있었던 문제가 해결되는 과정이 이야기 전개상으로는 오로지 시간의 경과로만 나타난다. 서로 오랫동안 떨어져 지낸 것만으로 문제가 해결된 듯 보이는 것이다. 오랜 세월 뒤에 상봉한 에서와 야곱은 서로 화해한다. 야곱은 에서에게 마치 보상이라도 하듯이 많은 선물을 주고, 에서는 동생 야곱을 포용한다. 이는 항의가 성의를 끝까지 죽이려 하다가 마침내 죽음을 맞게 되는 것과는 상반된다.

이러한 결말의 차이가 동서양의 차이라고 보기는 어려울 것 같다. 개개의 경우에 따라 결말은 어떤 식으로든 다를 수 있기 때문이다. 이 두 이야기의 차이는 오히려 허구성의 문제, 혹은 작가(서술자)의 의식에서 비롯된 것이라 보아야 할 것으로 보인다. 〈적성의전〉의 형성과 관련하여 언급하였듯이, 〈적성의전〉은 유교와 불교, 도교 이념 간의 지향점 차원에서 분석해 볼 필요가 있다. 한편 에서와 야곱의 이야기는 이스라엘 민족

의 역사 차원에서 이해할 필요가 있다고 판단된다.[30]

적성의 형제와 야곱 형제 이야기는 장자권, 가문 계승의 문제를 두고 일어난 형제 갈등이라는 공통점을 지닌다. 그리고 갈등의 결과 형이 아닌 동생이 장자권을 갖게 되었으며, 여기에는 부모의 편향된 애정이 작용하기도 하였다는 것에서 유사성을 찾을 수 있다. 흥미로운 것은 이러한 갈등의 진행 과정이 시간의 흐름과 함께 여행 서사를 통해 이루어진다는 것이다. 〈적성의전〉의 경우에는 동생 성의가 어머니를 살릴 약을 구하러 가면서 갈등이 증폭되고, 성의가 집으로 금의환향하여 돌아오면서 갈등에 종지부를 찍게 된다. 에서와 야곱 이야기의 경우에는 갈등을 피해 야곱이 삼촌 라반의 집으로 도망하면서 일차적으로 갈등이 멈추고, 야곱이 집으로 돌아오면서 마침내 화해하여 갈등이 마무리된다.

한편 적성의 형제와 야곱 형제의 갈등은 부모와의 관계로 볼 때에 그 양상에 차이가 있다. 〈적성의전〉의 경우에는 부모가 모두 성의를 차별적으로 더 사랑한다는 것이 항의의 불만

---

30 이는 이스라엘의 신앙과 관련지어 볼 수 있다. 유윤종은 아우인 야곱이 장자권을 얻게 된 것에 대해 하나님의 주권이라는 의미와 약자에 대한 하나님의 관심과 보호라는 의미를 부여하고, 이는 근본적으로 사람들 사이의 관계나 지위가 바뀌고 사람의 내적 자아가 바뀌는 데 의미가 있다고 보았다(유윤종, 「야곱에서 이야기에 나타난 장자권의 역전」, 『복음과 신학』 5, 평택대학교 피어선기념성경연구원, 2002, 44-45쪽.).

과 질투를 부추기는 결과를 낳았고, 에서와 야곱의 경우에는 아버지 이삭은 에서를 더 사랑하고, 어머니 리브가는 야곱을 더 사랑하여 야곱이 아버지 이삭을 속이고 장자의 축복을 가로채는 데 도움을 준다. 두 이야기 모두 부모의 편향된 사랑이 문제가 된다는 것은 공통적인데, 장자권을 두고 일어난 갈등과 경쟁에 부모가 개입하는 정도에는 차이가 있다. 또한 갈등의 원인 측면에서 적성의 형제의 갈등은 극단적 인성 차이를 보이는데 비해 야곱 형제의 갈등은 인성보다는 성향 차이, 욕망의 크기 차이 정도라는 것이 다르기도 하다.

이렇게 〈적성의전〉과 야곱 형제의 이야기를 통해 형제 갈등이 지니는 보편성을 알 수 있다. 가족 내에서 형제 사이에는 갈등이 있기 마련인데, 그것이 형제간의 인성 차이나 욕망의 차이, 부모 사랑의 차이 등에 따라서 갈등이 발생, 심화되기도 하고, 그 갈등이 가족 구성원의 죽음으로 종결되기도 하며, 화해가 이루어져 행복한 가정이 만들어지기도 한다. 이들 이야기는 이러한 실제 삶의 현실에 적용하여, 그 원인이나 해결의 방향에 대해 생각해 볼만 한 사건이라고도 할 수 있다.

3. 확장하기

　형제간에 일어나는 갈등은 가족이라는 공동체가 있는 곳이면 어디에나 있을 것이다. 비록 같은 핏줄을 나눈 형제지간이지만 성격도 다르고, 욕망도 다르며, 능력에도 차이가 있다. 이제까지 살펴본 성경 속 형제 이야기나 〈적성의전〉에서 보이는 형제 문제에서도 형제 사이의 갈등이 단지 인성의 문제나 경제적 문제에 그치는 것이 아니라 가문의 계승권이나 왕위 계승과 같은 권력 다툼까지 관련되는 양상을 볼 수 있다.

　〈적성의전〉과 야곱 형제 이야기를 통해 형제 사이의 갈등은 동일한 부모 아래에서도 경쟁하고 자신이 욕망하는 것을 얻고자 하는 데에서 생기는 것이라는 공통점이 있음을 알 수 있다. 사람들이 살아가는 세계에서 둘 이상의 존재가 있으면 서로 우위를 차지하려는 경쟁을 하게 되는 것이 당연하기에 가족 내의 형제 사이에도 당연히 그럴 수 있을 것이다. 그래서 형제가 있는 가정에서는 서열의 문제나 우위의 문제로 갈등하기 쉽다는 것이 인간사의 보편성이라 할 수 있을 것이다. 조선시대나 2000년대 한국이나 서구 유럽이나 언제 어디에서든지 형제가 있는 가족 내에서는 이런 종류의 갈등이 생기기 마련인 것이다.

서사적 배경 측면에서 볼 때 〈적성의전〉은 농경사회 기반의 유교문화를 바탕으로 한 왕궁 내 가족 문제로 다루어졌다는 것, 야곱 형제 이야기는 유목 문화에서 일어난 부족 승계 문제라는 차이점이 있다. 그럼에도 불구하고 이 문제들의 성격이 결국 장자권을 둔 형제간 갈등이라는 공통점이 있다. 형제가 서로 장자권을 두고 그렇게 갈등하고 경쟁하게 되는 것은 장자가 가질 크나큰 상속권이 단지 장자이기 때문에 갖는 것이기 때문이다. 동생의 입장에서는 왕위 계승이나 민족의 지도자가 될 자격을 능력 검증에 의해 얻게 되는 것이 아니라 출생의 순서라는, 자신의 노력이나 능력으로 바꿀 수 없는 기준에 의해 결정되는 부당한 문제인 것이다. 그렇지만 장자의 입장에서는 장자권을 갖는다는 것이 너무나 당연하기 때문에 동생이 장자권을 가지는 것은 있을 수가 없는 일이고 배반 행위, 반역이다.

　〈적성의전〉과 야곱 이야기에서 형제간의 경쟁이 보이는 차이는 〈적성의전〉에서는 이미 권리를 가진 장자 항의가 앞서 의심을 가지고 죄악을 저질러서 그 자리를 빼앗기는데 비해, 야곱 이야기에서는 장자인 에서가 장자권의 가치를 경시하고 함부로 내어주고 야곱이 이를 가로채었다는 것이다. 이는 장자권이 가진 가치에 대한 이해 차이와 형제간의 성격 차이가 함께 작용한 결과라 할 수 있다.

그리고 형제 사이의 경쟁의식이 얼마나 강한가, 그리고 부모의 편향된 사랑이 형제에게 어떻게 영향을 미쳤는가에 따라 형제 갈등이 전개되는 양상이나 결과가 달라질 수 있음을 이들 이야기가 보여준다. 그래서 〈적성의전〉과 야곱 형제 이야기에서 볼 수 있는 형제 갈등은 그 구체적인 양상과 결과에는 차이가 있을지 모르지만 특정 문화를 막론하고 각각의 인물이 가진 성격이나 현실적 문제라는 개별성에 따라 얼마든지 다양하게 있을 수 있다는 진리를 말해준다 할 수 있다.

이러한 형제 갈등의 문제는 상호문화적 관점에서 볼 때 언제 어디서나 있을 수 있는 문제로 누구나 공감할 수 있는 보편적 특질을 갖고 있다고 할 수 있는 것이다. 두 이야기의 공통점을 중심으로 형제 갈등의 보편 서사를 만들어보면 다음과 같다.

- 성격이 다른 두 형제가 있었다.
- 형과 아우는 다른 성격으로 인해 차별적으로 대우 받는다.
- 형과 아우 사이에 갈등을 일으키는 권리(유산) 문제가 있다.
- 형과 아우는 일정 기간 거리를 두는 동안 갈등이 잠시 멈춘다.

- 형과 아우의 갈등은 극적 위기를 거쳐 해소된다.

서사문학 작품에서 갈등은 필수적이다. 그래서 허구 서사이든 역사 서사이든 그 속에서 반드시 갈등이 다루어지고, 모든 종류의 갈등은 어떤 결말을 맺게 되어 있다. 형제 서사 역시 마찬가지여서 형제 사이의 갈등이 어떻게 발생되고 어떻게 해소되는가가 핵심적인 이야기이다. 형제 갈등의 출발은 대개 서로 다른 형제의 성격이다. 그리고 이러한 성격 차이가 갈등을 유발하는 문제와 관련되면서 심각한 위기를 촉발한다.

형제 갈등에는 근본적으로 부모나 주변 사람들로부터의 시선, 인정받거나 홀대 받는 대우의 차이 문제가 작용한다. 주변으로부터의 시선은 부모를 포함한 다른 사람에게서 받는 평가를 말한다. 형제가 본디 타고난 성격으로 인해 문제가 이미 배태되어 있다고 한다면, 주변의 차별적 평가와 대우는 이 문제를 더 심각한 방향으로 부추긴다. 만약 형제의 성격 차이가 선악 대비로 나타나는 서사라면, 주변의 시선과 평가로 인해 선악 대비가 심화되는 양상을 보이는 것이다.

그리고 형제 갈등이 심화되는 과정에서 형제가 서로 떨어져 있는 동안은 갈등이 일차적으로 해소된 듯 더 이상 갈등 상황이 나타나지 않는다. 이는 앞서 항의가 성의를 죽었다고 생각하고 지내는 동안이나 야곱이 에서를 피해 라반의 집에서 머무는 동안과 관련시켜 볼 수 있다. 그렇지만 그런 시간은 일시적 평온으로 결국 형제가 다시 만나면서 극적 위기를 맞게 된다. 이때의 극적 위기는 형제가 서로 화해하든지 아니면 둘 중 하나 혹은 둘 다 죽음에 이르는 비극으로 마무리된다. 여기서 살펴본 두 가지 형제 갈등 서사에서도 갈등의 발생과 전개에서는 유사성을 지니고 있으나 결말의 내용에는 차이가 있었다.

우리의 고전소설 중에서 형제간의 갈등을 다룬 대표적인 작품으로 〈흥부전〉을 들 수 있다. 〈흥부전〉에서 형은 놀부로 악한 심성을 지녔고, 아우는 흥부로 착하고 선했다. 〈흥부전〉에 나타나는 놀부와 흥부 형제간의 갈등은 형의 악함과 탐욕 때문에 일어난다. 이제까지 살펴본 〈적성의전〉이나 야곱 형제 이야기에서 형제 사이 갈등이 부모와 밀접한 관련이 있었다면, 〈흥부전〉에서는 형제와 부모와의 관계 문제가 부각되지 않고 형제가 가진 성격 문제로 다루어진다.

충청·전라·경상 3도 어름에 사는 박가 두 사람이 있었으니, 놀보는 형이요 흥보는 아우인데, 같은 부모 소생이지만, 성정이 아주 달라 서로 떨어져 관계가 멀었다. 사람마다 오장육부였지만 놀보는 오장칠부인 것이 심술보 하나가 왼편 갈비 밑에 병부주머니 찬 듯하여 밖에서 보아도 알기 쉽게 달려 있어, 심사가 말할 것도 없고…(중략)…흥보의 마음씨는 저의 형과 아주 달라, 부모에게 효도하고, 어른에게 존경하며, 이웃간에 화목하고, 친구에게 믿음이 있어, 굶어서 죽을 사람 먹던 밥을 덜어주고, 얼어서 병든 사람 입었던 옷 벗어주기(신재효본 〈박흥보가〉)[31]

위에서 보듯이 놀부와 흥부는 같은 부모 밑에서 태어난 형제지만 성정이 아주 달랐다고 서술되어 있다. 놀부는 심술보가 하나 더 있어서 심사가 매우 나쁜 사람으로, 흥부는 형과 아주 달라 효성 깊고 착하여 가족이나 이웃에게 선한 사람으로 제시된다. 이러한 놀부와 흥부의 성격 대비와 함께 형제는 이야기의 시작부터 경제적 기반이 다른 것으로 나타난다. 악한 형 놀부는 매우 큰 부자로 잘 살고, 착한 동생 형부는 찢어지게 가난하게 사는 것이다. 한 부모 아래의 형제가 어떻게 해서 그렇게 빈부격차가 심하게 되었는지에 대해 신재효본에서는 언급이 없지만, 경판 〈흥부전〉 25장본에서는 간단하게나마 제시되어 있다.

---

31 여기서 인용한 신재효본과 경판 25장본 〈흥부전〉 이본은 '김태준, 『흥부전·변강쇠가』, 고려대학교 민족문화연구원, 2015.'에 실린 자료이다.

경상·전라 양도 지경에서 사는 사람이 있었으니, 놀부는 형이요 흥부는 아우였다. 놀부는 터무니없이 흉악하여 부모 생전에 분재 전답을 홀로 차지하고, 흥부같은 어진 동생을 구박하여 건넛산 언덕 밑으로 내쫓고, 나가며 조롱하고 들어가며 비양하였으니 어찌 무지하다 하지 않으리.(경판 25장본 〈흥부전〉)

말하자면 부모에게서 받은 재산들, 논과 밭 모두 놀부 혼자 다 차지하였기 때문에 흥부는 가진 것 없이 가난하게 살게 되었다는 것이다. 놀부는 그러고도 모자라 흥부를 구박하였다고 서술되어 있다. 이렇게 놀부는 가진 자, 부자이고 흥부는 못 가진자, 가난한 자인 상태에서 이야기가 시작되는데, 놀부는 급기야 흥부를 쫓아낸다.

하루는 놀보가 흥보 불러 하는 말이,

"사람이라 하는 것이 믿는 것이 있으면 아무 일도 안되는 법이다. 너도 나이 장성하여 계집 자식 있는 놈이 사람 생애 어려운 줄을 조금도 모르고서, 나 하나만 바라보고 놀고 먹고 놀고 입는 모양 보기 싫어 못 살겠다. 부모의 세간살이가 아무리 많아도 장손의 차지될 것인데, 하물며 세간은 나 혼자 장만하였으니, 네게는 돌아갈 것이 없다. 네 처자를 데리고서 어서 멀리 떠나거라. 만일 지체하였다가는 살육지환이 날 것이니, 어서 급히 나가거라."(신재효본 〈박홍보가〉)

원래 성정이 악했던 놀부였기 때문에 동생 흥부를 쫓아내는 것도 그의 악한 심성을 고려할 때 놀라운 것은 아니다. 그런데, 놀부가 흥부를 왜 나가라고 하는지에 대해서는 살펴볼 필요가 있다. 놀부는 흥부가 게으르고 무능하다고 판단하며 흥부가 자신의 재산을 축내는 것을 볼 수 없기 때문에 나가라고 말하며 쫓아낸다. 놀부가 말하는 흥부는 처자식 생계를 형에게만 의존하고 놀고먹는 게으름뱅이다. 여기서 놀부가 갈등을 일으키는 원인이 재산 문제임을 알 수 있다.

이에 덧붙여 하는 말은 놀부가 가진 재산은 어차피 모두 자기 것이므로 흥부가 가질 것이 없다는 것이다. 부모에게 받았다 하더라도 모든 재산은 장자인 놀부가 가지는 것이 당연하고 그렇지 않다 하더라도 놀부 스스로 혼자 힘으로 장만한 것이기에 흥부 몫은 없다는 논리이다. 놀부는 자신이 장자이므로 당연히 부모의 재산을 다 가질 수 있다고 말하는 것이다.

놀부와 흥부 형제에 대해서 신재효본은 '성정이 아주 다르다'라고 서술하고 이어서 놀부의 악행을 나열하는데 경판 25

장본에서는 놀부는 '터무니없이 흉악하다', 흥부는 '어질다'고 단정 짓고 있다. 앞서 보았듯이 경판 25장본에서는 놀부가 부모님께서 나누어 주신 재산을 혼자 다 차지하고 흥부를 쫓아내었다고 했는데, 신재효본에서는 놀부가 흥부를 쫓아내면서 자신이 부모 재산을 가지는 것에 대해 합리화하고 있다.

이렇게 〈흥부전〉에서는 서사 전개 과정에서 형제 사이에 장자권 문제에 대해서는 문제 삼지 않지만, 재산 소유를 두고 갈등이 생긴다. 그리고 이는 근본적으로 매우 대조적인 인성에서 비롯된다. 부모가 장자인 놀부에게 전 재산을 준 것이든 놀부가 빼앗은 것이든 이미 놀부는 모든 재산을 갖고 있음에도 불구하고 흥부가 자신의 재산을 갈취한다고 생각하여 쫓아낸다. 그리고 흥부가 놀부 집에 나와 살면서 이 갈등은 해소된 듯 보인다.

놀부와 흥부 사이에 또 다시 갈등이 생기는 것은 흥부가 부러진 제비 다리를 고쳐 주고, 박을 통해 큰 부자가 되면서부터이다. 흥부가 놀부 집에서 나온 후로는 더이상 놀부 재산이 흥부 때문에 줄어들 일은 없었기 때문에 놀부와 흥부 사이에 갈등이 없었으나, 흥부가 부자가 되고 나니 놀부가 그 재산을 탐내기 시작한 것이다. 그래서 놀부는 흥부가 부자 된 비결을 알아내고, 그것을 실행한다. 그렇지만 그 비결을 순리대로 따라 한 것이 아니라 악행을 저질러 비결대로 되게 함으로써 결국 놀부는 벌을 받아 모든 재산을 다 잃게 된다.

〈흥부전〉에서는 흥부와 놀부의 대비되는 성격과 행위를 제비 다리 사건을 통해 형상화하며 인과응보와 권선징악이라는 주제의식[32]을 드러낸다. 부러진 제비 다리를 대하는 흥부와 놀부의 상반된 대응이 가져온 결과는 흥부와 놀부의 경제적 상황을 뒤바꾸고, 놀부의 악한 성정을 고치는 계기가 된다.

그리고 〈적성의전〉과 야곱 이야기에서 왕위 계승이나 장자권과 같은 권력의 쟁취를 두고 갈등이 일어났다면, 〈흥부전〉은 경제력 차이와 경제적 부를 추구하는 형제간 태도 차이로 갈등이 일어난다. 놀부는 흥부와 비교하자면 이미 부자이고 풍요로운 삶을 누리는데, 자신의 집에서 쫓겨 나간 흥부가 부자가 된 것을 보고 더 큰 부를 추구하다가 악행을 저지르고 결국 혼이 나서 뉘우치게 된다.

한편 고전소설 중에서도 소위 가문소설이라 분류되는 작품들에서 형제 갈등이 나타나는 경우가 많다. 이는 가문소설이

---

32 물론 〈흥부전〉의 주제를 이렇게만 말할 수는 없다. 빈곤에 대한 현실 비판적 시각이라고도 할 수 있고 놀부 같은 부유한 계층에 대한 풍자와 비판이라고도 할 수 있다. 여기서는 놀부와 흥부라는 형제 사이의 갈등을 유발하는 근본 원인으로서 인간 성정에 주목할 때 이러한 주제의식으로 나아갈 수 있다는 의미로 서술하였다.

대개 몇 대에 걸친 가문의 이야기를 다루는 장편이기에 가족 관계에서 발생할 수 있는 다양한 갈등이 포함되기 마련이기 때문이다. 선행연구에서 언급된 작품으로는 〈유효공선행록〉, 〈창선감의록〉, 〈소현성록〉, 〈육미당기〉 등이 있다. 이러한 소설에서 형제 갈등은 비교적 복합적 양상을 보인다.[33]

이에 비해 〈흥부전〉은 짧고 간명하게 대비적 성격을 가진 형제 사이에 일어난 갈등을 다루고 있다. 이는 〈흥부전〉이 태생적으로 근원설화를 가진 판소리계 소설이기 때문으로 보인다. 판소리계 소설 중에서도 〈흥부전〉은 설화와의 친연성이 두드러진 작품으로 언급되어 왔다. 알다시피 설화 중에서는 〈천지왕본풀이〉와 같은 신화에서부터 사이좋은 형제 이야기, 선악 구도로 갈등이 펼쳐지는 형제 이야기 등 형제 갈등이 다루어지는 경우가 많다. 이들 작품이 가지는 고유한 특질은 형제 사이의 갈등이 생기는 원인에 있다. 형제간의 성격이나 인

---

33 정충권은 이에 대해 다음과 같이 언급한 바 있다.
"고전소설들 가운데 형제 갈등을 핵심 갈등 혹은 주요 갈등으로 삼고 있는 작품들을 알아 본 결과 〈흥부전〉 외에도 〈적성의전〉, 〈창선감의록〉, 〈유효공선행록〉 등이 있음을 알 수 있었다. 이중 〈흥부전〉과 〈적성의전〉은 형제 갈등이 핵심 갈등인 작품들이며, 〈창선감의록〉과 〈유효공선행록〉은 형제 갈등이 여타의 갈등과 뒤얽혀 있는 작품들이다."(정충권, 「형제 갈등형 고전소설의 갈등 전개 양상과 그 지향점 -〈창선감의록〉, 〈유효공선행록〉, 〈적성의전〉, 〈흥부전〉을 대상으로-」, 『문학치료연구』 34, 한국문학치료학회, 2015, 282쪽.)

성 차이가 갈등의 근본 원인이 되기도 하지만, 권위나 재물과 같은 현실적 이익 쟁탈이 원인이 되기도 한다. 이는 각각의 작품이 가진 시대적 배경과 향유 문화와도 연결지어 볼 수 있을 것이다.

Ⅳ. 뒤돌아보다:
장자못의 며느리와 롯의 아내

1. 이야기 읽기

세계적으로 볼 때 물에 잠긴 장소와 관련된 이야기들이 있다. 이들 이야기에는 그 장소에 물이 모이게 된 과정과 사람들에 대한 사연이 담겨 있다. 여기서는 이러한 이야기로 한국의 장자못 이야기와 성경의 소돔과 고모라 이야기를 비교해 보고자 한다. 이 두 이야기는 실재하는 장소를 배경으로 하고 있다는 점에서 설화 유형 중에서도 전설에 속한다 할 수 있다. 장자못은 어느 마을 장자가 살았던 곳에 홍수가 나서 만들어진 못이고, 소돔과 고모라는 롯의 가족이 살았던 곳인데 불에 타 멸망한 도시이다. 그런데 장자못 이야기는 큰 못이 있는 마을이면 있게 마련인 이야기라면 소돔과 고모라 이야기는 사해 근처의 지금은 물이 고여 있는 것으로 추정되는 특정한 장소에 관한 이야기이다.

흥미로운 것은 이 두 이야기 모두 없어진 장소에 대한 것이면서, 그 장소가 사라지게 된 사건의 현장에서 죽은 사람과 살아날 뻔했으나 결국은 그렇지 못했던 여인을 다루고 있다는 것이다. 갑작스러운 천재지변, 하늘에서 내린 벌처럼 임한 자연 재해로 인해 없어지게 된 장소, 그리고 그와 관련된 사람들의 이야기를 살펴보도록 하자. 우선 장자못 이야기로 다음과 같은 것이 있다.[34]

어느 마을에 한 부잣집이 있었다.

그 대궐 같은 기와집에 중 하나가 동냥을 하러 왔다.

중의 동냥 소리를 듣고 주인 양반이 대청마루로 썩 나와서는,

"동냥은 무슨 동냥? 우리 집에서는 동냥을 준 적이 없다."

하고 박대하였다. 그러고서는 일꾼이 마구간에서 일하는 것을 보고

---

34 『한국구비문학대계』(https://gubi.aks.ac.kr)의 '장자못과 돌이 된 며느리'(은척면 설화 24)를 바탕으로 재구성하여 서술하였다.

"야, 그 소똥이나 한 덩어리 줘라."

하며 중을 쫓아내게 하였다. 일꾼이 주인의 명령대로 소똥을 중의 바랑에다 넣었다. 중은 주인이 하는 대로 소똥을 받아 돌아갔다.

그런데 그 집 며느리가 이 장면을 보고 있다가 이런 부잣집에서 중을 박대하여 보내어서는 안 된다는 생각을 하게 되었다. 천석꾼, 만석꾼 하는 부잣집에 와서 중이 동냥을 하는데 이렇게 그냥 보낼 수 없다고 생각한 것이다.

그래서 며느리는 쌀을 한 바가지 몰래 퍼서 물 뜨러 가는 척하고 밖으로 나갔다. 며느리는 쌀을 들고 대문을 나가서 저만치 가서는

"대사님, 대사님, 대사님. 이리 오세요. 제가 쌀을 부어 드릴게요."

했다.

대사가 자신을 부르는 소리를 듣고 돌아보니 방금 그 집에서 나온 며느리였다. 그 집 며느리가 중에게 다가와서 바랑에 쌀을 주루룩 부어주니 대사가 며느리에게 당부했다.

"당신은 그 집에 다시 들어가지 말고 앞만 보고, 나만 따라오시오. 무슨 소리가 나더라도 그 집은 돌아보면 안 되오. 절대 돌아보지 마시오."

이 말을 들은 며느리가 그 길로 대사를 따라 앞을 보며 걸어갔다. 그런데 조금 가다 보니 뒤에서 '철컹' 하고 벼락 치는 소리가 나는 것이었다. 이 소리를 들은 며느리가 언뜻 휘돌아 보고 말았다. 자기 집에서 그런 소리가 나니 무슨 일이 났는지 궁금하여 돌아본 것이다. 며느리가 휙 돌아보니, 자기 집이 지진에 무너져 내려앉아서 그만 물속에 잠겨버렸다. 그 부잣집이 있었던 곳이 못이 되어 버린 것이었다.

대사의 당부를 어긴 며느리는 그 자리에서 망부석이 되어버렸다. 자기 집을 돌아본 순간 돌이 되어 한평생 그 못만 쳐다보고 서 있게 되었다.

장자못 이야기가 전설 유형에 속하는 것은 마을에 생긴 연못이라는 증거물이 있을 뿐 아니라 마을 사람들이 그 이야기를 진실이라고 생각하기 때문이다. 이 이야기에는 성격이 다른 두 인물이 맞는 결말이 나타나 있다. 한 인물은 장자라는 악하면서 탐욕스러운 인물이고 다른 한 인물은 장자의 악행을 그대로 두고 보지 않고 나름대로의 선행을 베푼 마음씨 좋은 며느리이다. 이 두 인물은 하나는 악하고 하나는 선행을 베풀었다는 차이가 있으나 결국은 다 비극적 결말을 맞는다. 장자는 그 악한 행위에 대한 보응으로 멸망을 맞았다는 점에서 당

연해 보이기도 하지만, 며느리는 그 착한 행위 때문에 장자와
는 달리 멸망에서 구원받을 뻔하였으나 결국은 돌이 되어 안
타까움을 준다. 장자못으로 전하는 이야기 중에 다음과 같은
것도 있다.[35]

안동에 있는 장성댐에 대한 이야기이다.

그 댐 속에 장자못이라고도 하고 벼락소라고도 하는 못이 있다.

그 못이 있는 자리는 원래 옛날에 장자가 사는 곳이었다.

그 장자는 모시 딤불을 가득 넣어놓은 옹기 장군을 마루 밑에
다가 두고서는 중이 동냥을 오면, 그 옹기에서 그저 한 주먹씩만
내어가라고 했다. 그러니 중은 쌀인 줄 알고 옹기에 손을 넣었다
가 손을 다치기 일쑤였다.

장자가 그런 식으로 행동하며 중에게 못된 짓을 해 왔는데,
이제는 도승이 그 버릇을 고치려고 그랬는지 어느 날 장자 집에
갔다.

도승은 장자에게 가서

"동냥을 좀 달라."

---

35 『한국구비문학대계』(6집 8책, 156-158쪽)의 '안동부락 장자못 전설'을 읽
기 좋게 재구성하여 쓴 것이다.
http://yoksa.aks.ac.kr/jsp/ur/TextView.jsp?ur10no=tsu_2572&ur20no
=Q_2572_2_01A&keywords= %EC%9E%A5%EC%9E%90%EB%AA%BB

하였다. 도승이 이렇게 말하니, 장자는 늘 하던 대로 또,

"마루 밑에 있는 옹기 장군 속에서 쳐진 나락 한 주먹만 내 가 라."

라고 했다. 장자의 말에 대해 도승이 뭐라고 하니 장자는 또 도승이 뭐라고 했다고 버럭하였다. 장자가 도승을 별주라고 혼 내주라고 하며 난리를 했다. 장자가 이런 식으로 나오니 도승이

"아미타불."

하고는 그냥 떠나버렸다. 그런데 장자 며느리가 그것을 보고 사람으로서는 해서는 안 되는 그리고 할 수 없는 짓이라는 생각 이 들었다. 그래서 며느리는 시부모 몰래 쌀 한 말을 가지고 밖으 로 나가서는,

"대사님! 대사님!"

하고 불렀다. 그러고는 며느리가 대사에게 가서 공손히 쌀을 부어주었다.

도승이 며느리가 하는 일을 돌아보고

"아미타불!"

하더니,

"내 말만 듣고 따르시오. 당장 집에 돌아가서 아기를 업고 이 뒷산으로 도망하시오. 그런데 그때 뒤에서 무슨 소리, 집터에서 별의별 어떤 소리가 난다 하더라도 절대 돌아보지 말고 앞만 보

고전 서사와 성경 이야기

고 떠나시오."

하고 도승은 자리를 떠났다.

며느리가 도승이 하는 말을 듣고 즉시 집에 와서 아기를 업고 도승이 말한 대로 뒷산으로 향했다. 그런데 며느리가 뒷산을 올라가는 중에 자기 집에서 벼락이 떨어지는 것같이 엄청난 소리가 났다.

며느리는 그 소리를 듣고 결국 뒤를 돌아보고 말았다. 며느리가 보니, 자기 집이 연못이 되어 있었다. 벼락을 맞아 집도 없어져 버리고, 집 자리가 연못이 된 것이었다.

며느리가 도승의 말대로 돌아보지 않고 도망쳤으면 살았을 텐데, 아기를 업고 가다가 돌아보고서는 바위가 되어 버린 것이었다. 그래서인지 그 모양이 아기를 업은 여인의 모습을 한 바위가 되었다.

이 장자못 이야기는 '벼락소'라고 불리기도 하는 댐 속에 잠겨 있는 못에 대한 유래담이다. 앞서 읽은 장자못 이야기와 다른 것은 댐 속에 있는 못이기 때문에 눈으로 확인할 수는 없는 장소라는 것이다. 또한 장자못이 생기게 된 과정에 대해 앞의 이야기에서는 지진이 났다는 표현도 있는데 비해 뒤의 이야기에서는 벼락을 맞았다고만 하였다. 아마 이 못의 이름이 '벼락소'이기 때문에 벼락이라는 소재가 크게 작용한 것으로 보인다.

인물의 측면에서는 장자의 악행 방식과 망부석의 모양에 차이가 있다. 앞의 이야기에서는 장자가 시주받으러 온 중에게 소똥을 퍼주었으나 뒤의 이야기에서는 마루 밑에 옹기 장군을 두고 잘 가져가지 못하게 골탕을 먹이는 방식으로 악행을 저지른다.

망부석과 관련하여 두 이야기 모두에서 며느리는 시아버지인 장자와 다르게 착한 마음씨를 가져 재앙에서 구원받을 기회를 얻지만 절대 뒤를 돌아보지 말라는 금기를 어겨 망부석이 되었다. 그런데 앞의 이야기에서는 며느리가 집에 돌아갈 겨를도 없이 바로 길을 떠나지만, 뒤의 이야기에서는 집에 있는 아기를 데리고 길을 떠나는 차이가 있다. 그래서 망부석 모양에도 차이가 생긴다. 앞의 이야기에서는 며느리 혼자 뒤를 돌아보는 모습이었겠지만, 뒤의 이야기에서는 아기를 업고 서 있는 부녀자의 모습인 것이다.

한편 장자못 이야기가 용소 이야기로 전해지기도 한다.[36]

---

36 한국구비문학대계(https://gubi.aks.ac.kr)의 '용정리의 용소 전설'(수유동 설화 10)를 읽기 좋게 재구성하였다.

용소는 장연읍에서 약 이십 리 되는 거리에 있다. 장연읍은 서도 민요로 유명한 몽금포타령이 있는 곳이다. 몽금포 가는 길로 향하다 보면 옆에 용소라는 것이 있는데 그곳에 옛날 옛적부터 전해지는 이러한 전설이 있다.

지금 용소가 있는 그 자리가 원래는 마을 장자 첨지네 집터 자리였다고 한다. 그곳에 살던 첨지 영감은 수천 석 하는 부자였고, 그래서 거기에 크고 좋은 집도 짓고 살고 있었다. 그런데, 그 영감이 아주 깍쟁이여서, 다른 사람은 도무지 도와주는 일이 없고, 돈만 모으기로 유명하였다. 얼마나 지독한 영감인지 거기 사람들이 말하기를, '돼지, 돼지!' 하였다.

그 영감은 구걸하는 사람이 와서 구걸을 해도 절대로 주지 않고, 중들이 시주를 받으러 와도 도무지 주지 않았다. 영감의 그런 행동은 온 마을에 아주 나쁘게 소문이 나 있었다.

그런데 그 용소 있는 데서 한 이십 리 떨어진 곳에 불타산이라는 산이 있었다. 불타산에는 절이 많이 있었는데, 그 중 한 절의 도승이 첨지 영감이 아주 나쁘다는 소문을 듣고 어느 여름날에 작정하고 그 부잣집을 찾아갔다.

도승이 그 집을 찾아가서 목탁을 치면서 시주를 해달라고 하였다. 그러니까 그 부자 영감이 뛰어나가면서,

"이놈, 너희 중놈들이란 것은 농사도 안 짓고, 일도 하지 않고,

돌아다니면서 얻어만 먹지! 너희들이 그러고 사는데 우리 집에서는 절대로 쌀 한 톨이라도 줄 수 없다. 그러니까 그렇게 알고 가거라."

라고 소리를 질렀다.

그런데 영감이 이러는데도 그 중이 영감 집 앞에서 떠나지를 않고 서서 독경을 하고 있는 것이었다. 그것을 보고 영감이 화가 나서 자기 집에 있는 삽을 들고 뛰어나가 두엄더미에 쌓여 있는 쇠똥을 한 삽 가득히 폈다. 그러고서는,

"우리 집에서 줄 쌀은 없으니까 이거나 가져가라."

하며 바랑에다 쇠똥을 넣었다. 그래도 그 중은 얼굴빛이 조금도 변하지 않고, 그저 '나무아미타불'만 부르고 있었다. 한참을 그러고 있다가 중이 쇠똥을 걸머진 채 바깥으로 나왔다.

그 부잣집 마당 옆에 우물이 있었는데, 우물가에서 영감의 며느리가 쌀을 씻고 있다가, 이 광경을 모두 보았다. 며느리가 그 중에게 뛰어와서 하는 말이,

"우리 시아버지 천성이 고약해서 그런 것이니. 조금도 나쁘게 생각하지 마세요."

하였다. 그러면서 며느리가 씻고 있던 쌀을 바가지로 한 바가지 퍼서 바랑에다 넣어 주었다. 그러니까 그 도승이 며느리 보고,

"이제 당신 집에 조금 있다가 큰 재앙이 내릴 것이오. 그러니 당

고전 서사와 성경 이야기

신은 빨리 집으로 들어가서, 평소에 제일 귀중하게 생각하는 것 두세 가지만 갖고 어서 나오시오. 집에서 나와 저 불타산을 향해 빨리 도망하시오."

라고 말했다.

며느리는 이 말을 듣고 급히 자기 집으로 들어가서, 방 안에서 자고 있던 자기 아들을 들쳐업고, 자기가 짜고 있던 명주 도투마리를 끊어서 머리에 이고, 그리고 나오다가 자기가 집에서 귀여워하며 기르던 개를 불러서 집을 나왔다. 그리고 며느리는 불타산을 향해서 달음박질하여 갔다.

며느리가 어린애를 업고 명주 도투마리를 이고, 개와 함께 불타산을 향해 얼마쯤 갔을 때였다. 그때까지 아주 명랑하던 하늘이 갑자기 흐려지면서 뇌성벽력이 치는 것이었다.

그런데 며느리가 도망할 때 지켜야 하는 것이 있었다. 그것은 중이 며느리에게 도망가라고 하면서 꼭 지켜야 한다고 주의를 준 것이었는데,

"당신, 도망가다가 혹시 뒤에서 어떤 소리가 나도 절대로 뒤를 돌아보면 안 됩니다."

라는 것이었다.

그렇지만 이 여인은 이것을 지키지 못했다. 길을 가는데 갑자기 뒤에서 뇌성벽력이 치는 소리가 나면서 벼락이 내리치는 것 같으

니까, 깜짝 놀라서 뒤를 돌아보고 말았던 것이다.

이 여인이 뒤를 돌아보는 순간, 바로 그 자리에서 화석이 되고 말았다. 그 사람이 그만 돌이 되어 굳어 버린 것이다. 여인이 업었던 아이도, 명주 도투마리도, 개도 그렇게 화석이 되어서 그 자리에 서 있게 되었다.

지금도 불타산에서 아래로 얼마 내려오다 보면 비스듬한 곳에 며느리가 화석으로 변한 것으로 보이는 바위가 있다. 그 동네 사람들은 이것이 며느리가 화석으로 된 것이 분명하다고 한다. 그 바위 모양이 여인이 머리에 무엇인가를 이고 있는 모습과 비슷하기 때문이다. 그리고, 그 아래쪽에 개 모양처럼 보이는 화석이 아직도 있기 때문이다.

그런데 그때 그 벼락이 치면서 첨지 영감네 집이 전부 없어졌는데, 그 자리에 몇 백 길이 되는지 모르는 큰 못이 만들어졌다. 그 못이 얼마만큼 넓은가 하면, 여기 어린이 놀이터보다도 두 배나 더 넓다. 그리고 그 못에서 물이 얼마나 많이 나오는지, 물 나오는 소리가 쿵쿵쿵쿵쿵쿵 하면서 그 옆에 가면 지반이 울릴 정도이다. 이렇게 이렇게 물이 너무 많이 나와서 그 물로 몇만 석 나오는 넓은 평야의 논에 다 댈 수 있다. 그 물은 아무리 비가 와도 느는 법이 없고, 아무리 가물어도 줄어드는 법이 없다. 사람들이 그 못이 얼마나 깊은지 보려고 명주실을 돌에 감아 넣어 재어 보았는데 명주실을 아무리 넣어도 도무지 끝이 나지 않았다. 그곳은 그런 정도로 물이 깊은 못이 되었다.

이 장자못 이야기는 장연읍 근처에 있는 용소에 관한 전설이다. 이 용소 이야기는 다른 장자못 이야기에 비해 비교적 서술이 상세하다. 이 이야기에서 자세히 제시되는 부분은 부자 영감의 악한 행동이다. '깍쟁이', '돈만 모으기', '돼지, 돼지' 등의 표현에서 이 부자 영감이 다른 사람에게 지독하게 굴면서 자기 돈 모으기에만 집착하는 인물임을 알 수 있다. 그런가 하면 부자 영감은 구걸하는 사람이나 시주하러 오는 중에게 도무지 주지 않았다고 하여 매우 지독할 정도로 인색한 사람으로 형상화하고 있다.

또한 이 용소 이야기에는 불타산이라는 지명이 명시되고, 불타산을 향해 도망하라고 하여 불교적 색채가 다소 강하게 나타난다. 그리고 중의 말을 듣고 며느리가 바로 도망하지 않고, 어린애를 업고, 명주 도투마리를 이고, 개와 함께 도망한 것으로 나온다. 이는 중이 도망가라고 하면서 가장 귀중하게 생각하는 것 두세 가지만 챙겨서 가도록 했기 때문인데, 왜 이 세 가지였는지에 대해 상상하게 한다.

며느리가 집에서 데려온 것들, 즉 어린애, 명주 도투마리,

개 등 때문에 며느리의 행동이 더욱 긴박하게 느껴진다. 빨리 도망해야 하는데, 이런 소중한 것을 챙겨야 하는 마음이 얼마나 다급했겠는가! 그래서 남아 있는 바위의 모양이 더욱 입체적이다. 어린 아이를 업고 있는 여인, 그리고 머리에 도투마리를 이고 있는 모습, 그 옆에 덩그러니 있는 개의 모습은 며느리 홀로 있는 모양의 바위보다 훨씬 더 풍부한 서사를 상상하게 한다.

이들 세 가지 장자못 이야기 사이에도 세부적으로 차이가 있지만, 전해지는 이야기의 범위를 넓혀서 보면 다양한 양상으로 변형되어 전해지고 있음을 알 수 있다.[37] 여기서는 다음과

---

37 여기서 살펴본 장자못 이야기들은 며느리가 망부석이 되는 것으로 종결되지만, 어떤 이야기에서는 망부석에 대한 신성성의 부여가 이루어지기도 한다. 오정미(「장자못 설화 연구-여성의 '돌아봄'의 의미를 중심으로」, 『국어문학』 60, 국어문학회, 2015, 146-147쪽.)는 이러한 이야기들을 중심으로 다음과 같이 장자못 이야기를 정리하였다.

① 마을에 인색한 장자가 살고 있다고 소문이 난다.
② 승려가 시주를 요구하나, 장자가 거절한다.
③ 장자의 며느리가 시주를 한다.
④ 승려가 며느리에게 뒤를 돌아보지 말고 산을 오르라고 한다.
⑤ 장자의 집터는 수장되고 며느리가 뒤를 돌아본다.
⑥ 며느리는 돌이 되고 신성성을 얻는다.

오정미(위의 글, 1467쪽)가 언급하였듯이 "'며느리의 돌이 신성성을 갖는다.'는 단락소는 장자못 설화의 변이형"으로, 이러한 신성성의 부여는 며느리가 변한 망부석을 미륵으로 여기거나 기자치성의 대상으로 여기는 민간신앙으로 나타난다.

고전 서사와 성경 이야기

같이 공통적인 서사 내용을 정리하였다.[38]

(ㄱ) 마을에 장자가 살고 있었다.

(ㄴ) 시주받으러 온 중에게 나쁜 행위를 하였다.

(ㄷ) 며느리가 몰래 나가 쌀을 시주하였다.

(ㄹ) 중이 며느리에게 뒤를 돌아보지 말고 떠나라고 한다.

(ㅁ) 며느리가 중의 말대로 떠나지만 뒤를 돌아본다.

(ㅂ) 장자 집은 벼락을 맞아 못이 된다.

(ㅅ) 며느리는 돌이 된다.

이러한 장자못 이야기와 함께 성경의 소돔과 고모라 이야기를 비교하며 읽어 보도록 하자. 소돔과 고모라 이야기는 성경

---

38 『한국민족문화대백과』의 '장자못 설화' 항목에서는 다음과 같이 줄거리를 정리하였다.

"옛날에 아주 인색하고 포악한 부자가 살고 있었다. 하루는 중이 와서 동냥을 달라고 하자, 장자는 외양간을 치고 있다가 쌀 대신 쇠똥을 바랑에 넣어 주었는데 중은 그냥 받아갔다. 이 광경을 보고 있던 장자의 며느리가 몰래 쌀을 퍼다가 바랑에 담아 주었다. 그러자 중이 "당신이 살려면 지금 나를 따라오되 절대로 뒤돌아보지 말라."는 금기를 주었다.
며느리는 집을 떠나(혹은 기르던 개를 데리고, 아기를 업고, 베틀을 이고) 산을 오르는데 뒤에서 이상한 소리가 났다. 참고 돌아보지 않았으나 갑자기 커다란 소리가 들려 자기도 모르는 사이에 돌아보았다. 며느리는 자기가 살던 집이 못이 되었으므로 놀라 그 자리에서 돌이 되었다. 지금도 그 부자의 집터가 변한 못과 바위가 남아 있다."

의 〈창세기〉에 나온다. 소돔과 고모라는 롯이라는 인물을 중심으로 제시되는데, 롯은 아브라함의 조카로 아브라함과 함께 거주하다가 같이 지낼 수 없게 되자 독립하여 소돔과 고모라에 살게 된 것이다.[39] 여기서는 성경의 〈창세기〉 18장과 19장에 서술된 내용을 읽기 좋게 다음과 같이 재구성하여 서술해 보았다.

하나님께서 아브라함에게 말씀하셨다.

"소돔과 고모라에 대한 부르짖음이 크고 그 죄악이 심히 무거우니 내가 이제 내려가 보아야겠다. 그래서 소돔과 고모라의 그 모든 행한 것이 과연 내게 들린 부르짖음과 같은지 그렇지 않은지 내가 가서 직접 보고 알아보려 한다."

아브라함이 하나님의 말씀을 듣고 가까이 나아가 말씀드리기를

"하나님이여, 만약 소돔과 고모라의 악행이 부르짖음과 같으면

---

39 이에 대해서 『라이프 성경사전』에서 요약적으로 설명하고 있다.
(https://terms.naver.com/entry.naver?docId=2391778&cid=5076
2&categoryId=51387)
"창세기 13장에서 아브라함과 롯이 서로 따로 살게 된 과정을 잘 보여주고 있다. 애굽에서 나올 때 아브라함과 롯이 함께 나오지만 같이 살 수 없을 만큼 소유가 많아진다. 이는 "그 땅에 그들이 동거할 수 없었는데, 그것은 그들의 소유가 많아서 동거할 수 없었기 때문이었다.(창세기 13:6)"라는 서술에서 확인할 수 있다. 롯은 자신의 눈에 소돔과 고모라 지역이 물이 넉넉하고 풍요로워 보였기 때문에 이 지역을 선택한다. 이때는 소돔과 고모라가 멸망하기 전이었기 때문에 애굽 땅처럼 좋아보였다 할 수 있다."

고전 서사와 성경 이야기

소돔과 고모라를 멸하시려고 하시는 것입니까? 그렇다면 하나님께서 의인을 악인과 함께 멸하시려는 것입니까? 혹시 그 성 중에 의인 오십 명이 있을지라도 주께서 그곳을 멸하실 것입니까? 그 오십 의인을 위하여 용서하지 않으시겠습니까? 하나님께서 이같이 소돔과 고모라를 멸하시면 의인을 악인과 함께 죽이시는 것이니 부당합니다. 의인을 악인과 같이 대하시는 것이니 그 또한 부당합니다. 하나님께서 세상을 심판하시는 분이시라면 정의롭게 행하셔야 하지 않겠습니까?"

하였다. 아브라함이 하는 말을 듣고 하나님께서 말씀하시기를

"내가 만일 소돔 성읍 가운데에서 의인 오십 명을 찾으면 그들을 위하여 그 성읍 온 지역을 용서하겠다."

하셨다. 하나님의 대답을 듣고 아브라함이 말씀드렸다.

"저는 티끌이나 재와 같은 존재이지만 감히 주께 아룁니다. 만약 의인 오십 명 중에서 다섯 명이 부족하다면 그 다섯 명이 부족함으로 말미암아 온 성읍을 멸하실 것입니까?"

하나님께서 이르시되

"내가 거기서 의인 마흔다섯 명을 찾으면 멸하지 않겠다."

하셨다. 이 말씀을 듣고 아브라함이 또 아뢰어 이르기를

"거기서 사십 명을 찾으시면 어찌하려고 하십니까?"

하였다. 하나님께서 말씀하시기를

"만약 의인 마흔 명이 있다면 그들을 생각하여 멸하지 않겠다."

하시니 아브라함이 또 아뢰기를

"내 주여, 노하지 마시옵고 제가 말씀드리게 하옵소서. 거기서 의인 서른 명을 찾으시면 어찌하려고 하십니까?"

하였다. 그러니 하나님께서 이르시되

"내가 거기서 만약 의인 서른 명을 찾으면 그리하지 않을 것이다."

하셨다. 아브라함이 또 말했다.

"제가 감히 제 주님께 아뢰나이다. 거기서 만약 의인 스무 명을 찾으시면 어찌하려 하십니까?"

하나님께서 말씀하시기를

"내가 그 의인 스무 명으로 말미암아 그리하지 아니할 것이다."

아브라함이 또 말하였다.

"주여, 제발 노하지 마옵소서. 제가 이번 한번만 더 아뢰겠습니다. 거기서 의인을 열 명밖에 못 찾으시면 어찌하려 하십니까?"

하나님께서 말씀하시기를

"내가 그 의인 열 명으로 말미암아 멸하지 아니할 것이다."

하셨다.

하나님께서 아브라함과 말씀을 마치시고 가시니 아브라함도 자기의 거처하는 곳으로 돌아갔다.

어느 날 저녁때에 두 천사가 소돔에 왔다. 그때 마침 롯이 소돔 성문에 앉아 있다가 그들을 보고 일어나 영접하고 땅에 엎드려 절하며 말했다.

"내 주여, 가시던 길에서 돌이켜 저의 집으로 들어와 발을 씻고 주무시고 일찍이 일어나 갈 길을 가십시오."

그런데도 그들은 롯의 제안을 받아들이지 않고 롯에게 말하기를 "아니다. 우리가 거리에서 밤을 지낼 것이다."

하였다. 그래도 롯이 간청하니 그제야 길을 돌이켜 롯의 집으로 들어왔다.

롯이 그들을 위하여 식탁을 마련하고 무교병[40]을 구우니 그들이 먹었다.

그런데 그들이 침상에 눕기 전에 그 성 사람들 곧 소돔 백성들이 노소를 막론하고 원근에서 다 모여 롯의 집을 에워싸고 롯을 부르며 말했다.

"오늘 밤에 네게 온 사람들이 어디 있느냐? 그들을 끌어내어라. 우리가 그들을 한번 보아야겠다."

성 사람들이 이렇게 난리를 하니 롯이 문밖에 있는 무리에게로 나갔다. 그리고 등 뒤로 문을 닫고 말하였다.

---

40 무교병은 누룩을 넣지 않고 만든 빵이다. 유대인들이 출애굽과 하나님의 은혜를 기념하기 위하여 특정 기간 동안 먹는다고 한다.

"제발 부탁이니, 내 형제들아! 이런 악을 행하지 말라. 내게 남자를 가까이하지 아니한 두 딸이 있다. 제발 부탁이니, 내 두 딸을 너희에게로 보내겠다. 내 딸들을 너희 눈에 좋을 대로 해라. 대신 이 손님들은 내 집에 들어왔으니 이 사람들에게는 아무 일도 저지르지 말라."

이렇게 롯이 막아서는데도 성 사람들이 말하기를

"너는 물러나라!"

하였다. 그러면서 또 이르기를

"그들이 여기 들어와 머물면서 우리의 법관이 되려는 것 아니냐! 이제 우리가 그들보다 너를 더 먼저 혼내주어야겠다."

하면서 롯을 밀치며 집 가까이 가서 롯 집의 문을 부수려고 하였다.

그런데 그때 집안에 있던 사람들이 손을 내밀어 롯을 집으로 끌어들이고 문을 닫아 버렸다. 그리고 문 밖에 있던 많은 사람들을 모두 눈을 어둡게 했다. 그들은 갑자기 눈이 어두워져 롯의 문을 찾느라고 헤매었다.

그렇게 집 안으로 무사히 들어온 롯에게 롯의 집에 머물게 된 두 천사가 말했다.

"여기 집안에 있는 사람들 외에 네게 딸린 가족이 또 있느냐? 네 사위나 자녀나 이 성 중에 있는 네게 속한 자들을 다 성 밖으

고전 서사와 성경 이야기

로 끌어내라! 여기 있는 악한 자들에 대한 부르짖음이 여호와 앞에 크므로 여호와께서 이곳을 멸하시려고 우리를 보내셨다. 그러니 우리가 이곳을 멸할 것이다."

롯이 그 말을 듣고 재빨리 나가서 그 딸들과 결혼할 사위들을 찾아가 말했다.

"자, 급하다. 여호와께서 이 성을 멸하실 것이니 너희는 지금 바로 일어나 이곳에서 떠나라."

롯이 이렇게 말했으나 그의 사위들은 롯의 말을 농담으로 여겼다. 그래서 롯의 사위들은 롯과 함께 떠나려고 하지 않았다.

동이 틀 때에 천사가 롯을 재촉하여 말했다.

"일어나 여기 있는 네 아내와 두 딸을 성에서 이끌어 내라. 이 성의 죄악 때문에 멸망하는 중에 너희 가족이 함께 멸망할까 걱정된다."

그러나 천사의 재촉에도 롯이 서두르지 않고 지체하였다. 보다 못한 천사들이 롯의 손과 그 아내의 손과 두 딸의 손을 잡아 인도하여 성 밖으로 끌어내어 두었다. 이렇게까지 롯과 그의 가족을 성 밖으로 보낸 것은 여호와께서 그에게 자비를 더하였기 때문이었다.

천사들이 롯과 그의 가족들을 밖으로 이끌어 낸 후에 단단히 일렀다.

"여기서 빨리 도망하여 생명을 보존하라. 그렇지만 도망할 때 뒤로 돌아보거나 들에 머물러서는 안 된다. 앞만 보고 산으로 도망하여 멸망을 면하도록 해라."

이 말을 듣고 롯이 천사들에게 말했다.

"내 주여, 그리 하지 마옵소서. 제가 주께 큰 은혜를 입었고 주께서 큰 인자를 제게 베푸셔서 제 생명을 구원하시는 것이지만, 제가 도망하여 산까지 갈 수는 없습니다. 두려운 것이, 산까지 도망하다 재앙을 만나 죽을까 하는 것입니다. 한번 보시옵소서. 저 성읍은 도망하기에 가깝고 작기도 하오니 저에게 그 곳으로 도망하게 하소서. 그곳은 작은 성읍이오니 제 생명이 보존될 것 같습니다."

롯의 말을 듣고 천사가 말하기를

"알았다. 내가 이 일에도 네 소원을 들었으니 네가 말하는 그 성읍을 멸하지 아니하겠다. 그러니 그리로 속히 도망하라. 네가 거기에 이르기까지는 내가 아무 일도 행할 수 없노라."

하였다. 그러므로 그 성읍 이름을 소알이라 불렀다.[41]

롯이 소알에 들어갈 때쯤에 해가 돋았다.

---

41 '소알'이라는 성 이름의 뜻은 '작다'는 것이다(가스펠서브, 『라이프성경사전』, https://terms.naver.com/entry.naver?docId=2393816&cid=50762&categoryId=51387).

여호와 하나님께서 하늘로부터 유황과 불을 소돔과 고모라에 비같이 내리시니 모든 것이 타버렸다. 하나님께서 불로써 그 성들과 온 들과 성에 거주하는 모든 백성과 땅에 난 것을 다 엎어 멸하신 것이었다. 소돔과 고모라는 밤사이에 다 타버려 흔적 없이 사라졌다.

아브라함이 아침에 일찍 일어나 소돔과 고모라와 그 온 지역을 향하여 눈을 들어 보니, 연기가 옹기 가마에서 나는 연기같이 치솟고 있었다.

롯의 아내는 롯과 함께 도망하였으나, 가는 도중 뒤를 돌아보았으므로 소금 기둥이 되었다.

롯이 소돔과 고모라에서 벗어날 수 있었던 것은 하나님이 롯이 거주하는 성을 멸하실 때에 아브라함을 생각하시어 롯을 미리 내보내셨기 때문이었다.

소돔과 고모라는 지역 이름이고 롯과 그의 가족은 소돔과 고모라 사람들과 구별된 사람이다. 제시된 이야기에서 소돔과 고모라는 전반적으로 매우 악한 것으로 소문이 났고 그 악행이 얼마나 심했는지 하나님께까지 들린 것임을 알 수 있다. 그렇지만 롯은 소돔과 고모라에 사는 악한 사람들과는 달리 의인이라 불릴 수 있는 사람이었던 것으로 보인다. 소돔과 고모라가 멸망 당하게 되었을 때에도 롯과 그의 가족들은 구원받을 수 있었기 때문이다.

이는 이야기의 서두에 나오는 하나님과 아브라함의 대화에서 아브라함이 소돔과 고모라를 멸망시키지 않아야 할 이유로 의인을 드는 것과 관련지을 수 있다. 다시 말해 아브라함은 소돔과 고모라에 살고 있는 롯을 염두에 두고 하나님께 멸망하지 말아야 할 이유를 제시했고, 결국 아브라함이 말한 의인은 롯과 그 가족들밖에 없었기에 롯과 롯의 가족만 겨우 살았다고 추측할 수 있다.

소돔과 고모라가 멸망하게 된 과정과 그곳에서 롯이 살아나오게 된 과정을 주요 이야기 단락으로 정리해 보았다. 이는 위의 장자못 이야기와 서사를 비교하기 용이하게 하기 위한 것이다.

(ㄱ) 소돔과 고모라에 롯이 살고 있었다.

(ㄴ) 소돔과 고모라에 온 천사들에게 사람들이 나쁜 행위를 하려 하였다.

(ㄷ) 롯이 소돔과 고모라 사람들이 천사들을 해치지 못하게 막았다.

(ㄹ) 천사들이 롯과 롯의 가족에게 뒤돌아보지 말고 떠나라고

고전 서사와 성경 이야기

하였다.

(ㅁ) 롯과 그 가족들이 떠나는데 롯의 아내는 뒤를 돌아보았다.

(ㅂ) 소돔과 고모라는 하늘에서 내린 불과 유황으로 타버린다.

(ㅅ) 롯의 아내는 소금기둥이 된다.

2. 비교하기

장자못 이야기와 소돔과 고모라 이야기는 사라진 장소에 대한 이야기라는 공통점이 있다. 특정한 장소를 지정하고 있기 때문에 실제로 있었던 일을 들려주는 전설의 성격을 지니고 있다 할 것이다. 지금은 없어진 장소가 어떻게 해서 없어졌는지를 설명해 주고 있는 것이다. 그리고 이 두 이야기는 각 장소에 살고 있던 사람들에 대해 말하고 있다. 그러면서 그 사람들을 악하고 착한 사람들로 나누어 대비하면서 어떤 사람은 장소와 함께 사라지고 어떤 사람은 살아나오게 된 이유를 제시한다. 그러면 이 두 이야기가 어떤 점에서 같고 다른지 좀 더 세부적으로 살펴보도록 하자.

장자못 이야기는 많은 이본들이 있지만 모두들 물에 잠긴 집 혹은 물에 잠긴 마을을 소재로 하고 있다. 첫 번째 살펴본 장자못 이야기처럼 '어느 마을'이라고 하여 특정한 지명이 제시되지 않는 경우도 있지만, '안동에 있는 장성댐'이나 '장연읍에서 이십 리 되는 거리에 있는 용소'와 같이 이야기되는 시점에서 확인되는 장소가 언급되기도 한다.

이러한 이야기의 시작은 듣는 사람 혹은 읽는 사람의 관심을 환기하기에 충분하다. 그것은 원래 있었으나 없어졌다는 것이 신비하고도 공포스러운 느낌을 주기 때문이다. 어떤 존재의 소멸은 그 사연에 대한 궁금증과 상상을 일으킨다. 그리고 존재의 소멸은 그 자체로 공포감을 준다. 또한 그 없어진 장소가 물속에 잠겨 있기 때문에 실재하고는 있으나 볼 수 없는 상태여서 그 장소에 대한 이야기를 듣는 사람에게 신비하고도 환상적인 상상을 하게 한다.

소돔과 고모라 이야기는 장자못 이야기와 달리 특정 지역에 한정된다. 소돔은 지금으로 말하면 이스라엘의 사해 연안[42]이다. 소돔과 고모라가 없어진 시기는 BC 1900년경이라고 한다. 성경에서는 유황과 불이 내려 소돔과 고모라가 멸망했다고 서술되어 있으나, 과학적으로는 매장되어 있던 석유와 천연가스가 지진으로 인해 파괴의 원동력이 된 것으로 추측한다.

소돔과 고모라가 파괴되고 소멸된 이유를 무엇이라고 보든 간에 원래는 있었던 장소가 없어져 버렸다는 것이 역사적 사실이다. 그래서 장자못 이야기와 마찬가지로 소돔과 고모라 이야기는 그 파멸의 소이연에 대한 궁금증을 야기한다. '도대체 무슨 일이 있었길래' 혹은 '무엇이 원인이 되어' 그렇게 어떤 장

---

42 가스펠서브, 「교회용어사전: 교회 일상」, '소돔'
(https://terms.naver.com/entry.naver?docId=2375814&cid=5076
2&categoryId=51365)

소가 통째로 없어져버렸는지에 대한 설명이 이들 이야기의 매력인 것이다. 또한 어느 날 갑자기 불과 유황으로 소멸해 버린 어느 도시의 이야기는 급작스럽게 도래할 멸망과 죽음의 공포를 준다. 그래서 이러한 이야기는 죄악과 멸망이라는 인과 관계를 통해 교훈을 되새기게 한다.

이렇게 장자못 이야기와 소돔과 고모라 이야기는 소멸해 버린 장소에 관한 이야기라는 공통점을 지닌다. 두 이야기는 지금은 없는 장소에 관한 이야기이기에 흥미와 공포, 그리고 교훈을 느끼게 한다. 그렇지만 두 이야기는 소멸 원인과 과정, 그리고 결과 측면에서 차이가 있기도 하다. 전반적인 서사 전개를 비교해 보기 위해 다음과 같이 표로 정리해 보았다.

장자못	소돔과 고모라
(ㄱ) 악하고 부자인 장자가 있었음	(ㄱ) 소돔과 고모라에 롯이 살고 있었음
(ㄴ) 시주받으러 온 중에게 악행을 저지름	(ㄴ) 소돔과 고모라에 사람들이 천사에게 나쁜 행위를 하려 함
(ㄷ) 며느리가 몰래 나가 쌀을 시주함	(ㄷ) 롯이 소돔과 고모라 사람들이 천사들을 해치지 못하게 막음
(ㄹ) 중이 며느리에게 뒤를 돌아보지 말고 떠나라고 함	(ㄹ) 천사들이 롯과 롯의 가족에게 뒤돌아보지 말고 떠나라고 함

　　　　　　　　　　　　　　고전 서사와 성경 이야기

(ㅁ) 며느리가 중의 말대로 떠나지만 뒤를 돌아봄	(ㅁ) 롯과 그 가족들이 떠났는데 롯의 아내는 뒤를 돌아봄
(ㅂ) 장자 집은 벼락을 맞아 못이 됨	(ㅂ) 소돔과 고모라는 불과 유황으로 타버림
(ㅅ) 며느리는 돌이 됨	(ㅅ) 롯의 아내는 소금기둥이 됨

　장자못 이야기와 소돔 이야기에서 공통점을 찾아보면, 1) 장자와 롯이라는 두 인물을 중심으로 이야기가 전개되고, 2) 중과 천사라는 초현실계와 관련된 중계자가 개입되어 있으며, 3)멸망에서의 구출 과정에 금기가 부여되고, 4)여성 등장인물은 금기를 어겨 굳어버린다는 것 등이다. 이렇게 두 이야기의 서사전개와 구조에서 유사성을 발견할 수 있으나, 세부적으로는 차이가 있다. 우선 두 이야기의 중심인물을 비교하며 살펴보도록 하자.

　장자못 이야기의 중심인물은 마을의 큰 부자, 즉 장자이다. 그런데 문제는 이 장자가 아주 못되고 악하다는 것이다. 장자의 악행은 특별히 초월적 세계와 관련이 있는 중을 괴롭히는 것으로 나타난다. 앞에서 살펴본 세 가지의 장자못 이야기에서 모두 장자는 시주하러 온 중을 거지처럼 박대하면서 단지 시주를 하지 않는 정도를 넘어서 괴롭히고 모욕한다.

(가) 중의 동냥 소리를 듣고 주인 양반이 대청마루로 썩 나와서는,

"동냥은 무슨 동냥? 우리 집에서는 동냥을 준 적이 없다."

하고 박대하였다. 그러고서는 일꾼이 마구간에서 일하는 것을 보고

"야, 그 소똥이나 한 덩어리 줘라."

하며 중을 쫓아내게 하였다. 일꾼이 주인의 명령대로 소똥을 중의 바랑에다 넣었다. 중은 주인이 하는 대로 소똥을 받아 돌아갔다.

(나) 그 장자는 모시 덤불을 가득 넣어놓은 옹기 장군을 마루 밑에다가 두고서는 중이 동냥을 오면, 그 옹기에서 그저 한 주먹씩만 내어가라고 했다. 그러니 중은 쌀인 줄 알고 옹기에 손을 넣었다가 손을 다치기 일쑤였다.

(다) 그 영감이 아주 깍쟁이여서, 다른 사람은 도무지 도와주는 일이 없고, 돈만 모으기로 유명하였다. 얼마나 지독한 영감인지 거기 사람들이 말하기를, '돼지, 돼지!' 하였다.

그 영감은 구걸하는 사람이 와서 구걸을 해도 절대로 주지 않고, 중들이 시주를 받으러 와도 도무지 주지 않았다. …(중략)… 그런데 영감이 이러는데도 그 중이 영감 집 앞에서 떠나지를 않고 서서 독경을 하고 있는 것이었다. 그것을 보고 영감이 화가 나서

자기 집에 있는 삽을 들고 뛰어 나가 두엄더미에 쌓여 있는 쇠똥을 한 삽 가득히 펐다. 그러고서는,

"우리 집에서 줄 쌀은 없으니까 이거나 가져가라."

하며 바랑에다 쇠똥을 넣었다.

(가)-(다)에서 장자는 공통적으로 중에게 시주를 하지 않고 대신 소똥으로 모욕을 주거나 모시 덤불로 괴롭히는 악행을 저지른다. 다시 말해 장자가 중에게 쌀 시주를 하지 않는 것은 공통적이나 중에게 주는 것은 이본에 따라 다르게 나타나는 것이다. 쇠똥이나 모시 덤불 중 어떤 것이 더 나쁜 것인지는 생각하기에 따라 다르겠지만, 향유층의 생활에서 흔히 볼 수 있는 소재가 사용되었을 가능성이 높다.

소돔과 고모라 이야기의 중심인물은 롯이다. 그런데 장자못 이야기의 경우와 달리 롯은 악한 사람이 아니라 오히려 의인이다. 대신 소돔과 고모라에 사는 사람들이 악하다. 성경에서는 소돔과 고모라에 대해 표현하기를 '죄악이 심히 무겁다'고 하였는데, 그 정도가 의인 열 명이 없을 정도로 죄악이 만연한 곳인 것이다. 아브라함이 롯을 생각하여 소돔과 고모라가 멸망하지 않기를 바라면서 하나님과 조건부로 제시한 의인의 숫자가 처음에는 오십 명이었으나 나중에는 열 명까지 줄

어든다. 그러나 결국 소돔과 고모라가 불에 타 없어져 버렸다는 것은 아브라함이 제시한 열 명조차도 없었기 때문이라 할 수 있다.

소돔과 고모라 사람들의 악한 모습은 롯에게 온 손님을 괴롭히는 장면에서 잘 나타난다.

그런데 그들이 침상에 눕기 전에 그 성 사람들 곧 소돔 백성들이 노소를 막론하고 원근에서 다 모여 롯의 집을 에워싸고 롯을 부르며 말했다.

"오늘 밤에 네게 온 사람들이 어디 있느냐? 그들을 끌어내어라. 우리가 그들을 한번 보아야겠다."

성 사람들이 이렇게 난리를 하니 롯이 문밖에 있는 무리에게로 나갔다. 그리고 등 뒤로 문을 닫고 말하였다.

"제발 부탁이니, 내 형제들아! 이런 악을 행하지 말라. 내게 남자를 가까이하지 아니한 두 딸이 있다. 제발 부탁이니, 내 두 딸을 너희에게로 보내겠다. 내 딸들을 너희 눈에 좋을 대로 해라. 대신 이 손님들은 내 집에 들어왔으니 이 사람들에게는 아무 일도 저지르지 말라."

이렇게 롯이 막아서는데도 성 사람들이 말하기를

"너는 물러나라!"

하였다. 그러면서 또 이르기를

"그들이 여기 들어와 머물면서 우리의 법관이 되려는 것 아니냐! 이제 우리가 그들보다 너를 더 먼저 혼내주어야겠다."

하면서 롯을 밀치며 집 가까이 가서 롯 집의 문을 부수려고 하였다.

롯의 집에 손님이 찾아온 것을 알고, 소돔과 고모라 사람들은 난리를 치며 끌어내라고 한다. 소돔과 고모라 사람들은 롯의 집에 있는 손님이 천사라는 것을 모르기도 했으나, 천사가 아니라 사람이라 하였을지라도 외지에서 온 사람들을 겁박해서는 안 될 일이다. 그렇지만 사람들은 롯의 집에 있는 손님들을 끌어내라고 소리치고, 혼을 내어야겠다고 위협한다. 이들의 행위는 폭력배의 행태와 다르지 않다. 이러한 소돔과 고모라 사람들의 행동에서 악한 모습을 발견할 수 있다.

그런데 이에 대한 롯의 대응이 의아하다. 사람들의 위협이 억지스럽고 크기는 했으나, 과연 자신의 딸을 내어주는 것이 합당한지 의문스럽다. 롯은 사람들을 달래기 위해 자신의 딸을 협상 조건으로 내거는데, 이러한 거래를 제안하는 데에서 롯 역시 그 폭력배 같은 성 사람들과 다를 바 없다고 할 수 있는 것이다. 롯의 딸에 대해 스스로 말하기를 '남자를 가까이

하지 않은 두 딸'이라 했고, 롯은 자신의 두 딸을 보낼 테니 '너희 눈에 좋을 대로' 하라고 제안한다. 이 부분 때문에 롯이 과연 의인이라고 할 수 있나 하는 의문을 갖게 되는 것이다. 그렇지만 결과적으로는 롯은 천사에게 베푼 선의 때문인지 소돔과 고모라의 멸망에서 구원된다.[43]

여기서 장자못 이야기와 소돔과 고모라 이야기의 차이를 알 수 있다. 장자못 이야기에서는 장자가 악한 인물이었고 악행의 대상이 중이라는 종교적, 초월적 성격을 지닌 인물이었다. 그렇지만 소돔과 고모라 이야기에서는 그 성 사람들이 죄악이 가득하였고, 롯은 그들과 달리 선함을 가진 인물이었다. 그래서 성 사람들은 초월적 존재인 천사들을 혼내려고 하였지만 롯은 자신의 딸을 내세워서라도 천사들을 지키려고 한다.

이러한 이야기 뒤에 이어지는 서사는 초월적 존재 혹은 초월계와 현실계를 매개하는 존재를 통해 멸망이 예고되고, 멸망에서 구원될 자격이 있는 사람들에게 금기와 함께 구원의

---

43 이와 관련하여 성경 속에서 베드로가 내린 평가를 참조해 볼 수 있다. 〈베드로후서〉 2장 6-7절에서 베드로는 롯에 대해 다음과 같이 의인으로 평가하고 있다.

소돔과 고모라 성을 멸망하기로 정하여 재가 되게 하사 후세에 경건하지 아니할 자들에게 본을 삼으셨으며 무법한 자들의 음란한 행실로 말미암아 고통 당하는 의로운 롯을 건지셨으니

기회가 오는 것이다.

장자못 이야기를 보면 장자가 중에게 저지른 악행에 대한
보응이나 처벌이 장자에게 바로 이루어지지는 않는다.

(가) 중은 주인이 하는 대로 소똥을 받아 돌아갔다.

(나) 장자의 말에 대해 도승이 뭐라고 하니 또 도승이 그랬다고
장자가 도승을 벌주라고 혼내주라고 난리를 했다. 장자가 이런
식으로 나오니 도승이

"아미타불."

하고는 그냥 떠나버렸다.

(다) 영감이 이러는데도 그 중이 영감 집 앞에서 떠나지를 않고
서서 독경을 하고 있는 것이었다. 그것을 보고 영감이 화가 나서
자기 집에 있는 삽을 들고 뛰어 나가 두엄더미에 쌓여 있는 쇠똥
을 한 삽 가득히 폈다. 그러고서는,

"우리 집에서 줄 쌀은 없으니까 이거나 가져가라."

하며 바랑에다 쇠똥을 넣었다. 그래도 그 중은 얼굴빛이 조금
도 변하지 않고, 그저 '나무아미타불'만 부르고 있었다. 한참을
그러고 있다가 중이 쇠똥을 걸머진 채 바깥으로 나왔다.

(가)-(다)는 장자가 중에게 소똥을 주는 등의 나쁜 짓을 하

고 난 뒤 중의 반응과 태도를 서술한 부분이다. 여기에서 볼 수 있듯이, 중들은 장자의 악행에 대해 화를 내거나 바로 징치하지 않는다. (가)에서는 장자가 '하는 대로' 순순히 받아들였고, (나)에서는 처음에는 말대꾸를 했다가 다음에는 '아미타불'만 하고 떠나버렸으며, (다)에서도 얼굴빛 하나 변하지 않고 '나무아미타불'만 부르다가 장자 집에서 나온다. 그리고 중은 장자가 퍼다 준 소똥을 피하거나 거부하지 않고 받아서 나온다. 여기서 보이는 중의 모습은 초월적 세계의 매개자도 불교의 포교자도 아닌 순순한 수행자이자 모욕을 당하는 수욕자이다.

이렇게 순순한 중의 모습을 불쌍히 여기거나, 혹은 시아버지의 행동이 너무 심했다고 생각했던 며느리는 중에게 시아버지를 대신하여 사죄하고 쌀을 시주한다. 중이 며느리만을 특별히 재앙에서 피할 수 있게 한 것이 며느리가 중에게 좋은 마음을 베풀었기 때문인지 아니면 중이 소똥이나 받고 모욕을 당한 뒤 돌아가는 것을 가만히 보지 않고 바로 뛰어갔기 때문인지는 명확하게 알 수 없다. 어쨌든 중에게 쌀을 시주하는 며느리에게 중은 매우 시급하고도 중요한 비밀을 알려준다.

(가) "당신은 그 집에 다시 들어가지 말고 앞만 보고, 나만 따

라 오시오. 무슨 소리가 나더라도 그 집은 돌아보면 안 되오. 절대 돌아보지 마시오.”

(나) “내 말만 듣고 따르시오. 당장 집에 돌아가서 아기를 업고 이 뒷산으로 도망하시오. 그런데 그때 뒤에서 무슨 소리, 집터에서 별의별 어떤 소리가 난다 하더라도 절대 돌아보지 말고 앞만 보고 떠나시오.”

(다) “이제 당신 집에 조금 있다가 큰 재앙이 내릴 것이오. 그러니 당신은 빨리 집으로 들어가서, 평소에 제일 귀중하게 생각하는 것 두세 가지만 갖고 어서 나오시오. 집에서 나와 저 불타산을 향해 빨리 도망하시오.” …(중략)… “당신, 도망가다가 혹시 뒤에서 어떤 소리가 나도 절대로 뒤를 돌아보면 안 됩니다.”

며느리는 시아버지의 행동이 무안할 정도로 나빴기 때문에 그대로 볼 수 없어서 쌀을 들고 뛰어나갔을 것이다. 이러한 며느리의 마음은 올바른 윤리와 사람에 대한 긍휼에서 나온 것이라 할 수 있다. 어쩌면 시아버지의 나쁜 행동을 그렇게 해서라도 상쇄하고 싶었을 수 있다. 그런 며느리에게 중이 들려준 말은 그야말로 벼락같은 소리였을 것이다.

(가)에서 볼 수 있듯이, 중은 며느리에게 집에 돌아갈 것 없이 바로 떠나라고 강한 어조로 명한다. 이 경우에 며느리는 다

른 무엇도 챙길 여력이 없었기 때문에 홀몸으로 떠나는 것이 당연해 보이기도 한다. 그리고 며느리가 구원의 기회를 얻은 것은 중이 들려준 말을 믿고 그대로 따랐기 때문일 것이다.

그렇지만 (나)에서는 중이 며느리에게 집에 돌아가서 아기를 업고 뒷산으로 도망하라고 하고, (다)에서는 평소 제일 귀중하게 여기는 것 두세 가지를 갖고 도망하라고 한다. 이 경우에는 며느리가 중의 말을 듣고 집에 돌아가서 챙겨서 다시 나오는 과정이 필요하다. 우리가 이를 상상해 본다면, 집안에는 자신의 아기뿐만 아니라 남편, 시아버지 등등 다른 가족이 있었을 텐데 어떻게 아기만 업고 나올 수 있었는지 의아하다. 자신만 혹은 자기와 아기만 재앙에서 구원받을 것이 아니라 다른 가족에게로 시선을 둘 만하지 않은가 하는 의혹 때문이다. 물론 이에 대해 상황이 너무 긴박하였기 때문에 그럴 수밖에 없었던 것이라고 할 수도 있으나, 며느리가 왜 다른 가족을 챙기지 않았는지 의문을 가질 만하다.

여기서 이 문제를 금기와 그 금기를 어긴 과정과 관련지어 볼 수 있다. 장자못 이야기에서 중은 며느리에게 "절대 뒤를 돌아보지 말라"는 금기를 제시한다. 하지만 이야기의 맥락에서는 왜 뒤를 돌아보아서는 안 되는지 알 수가 없다. 단지 반드시 그렇게 해야 한다는 금지 명령만 있을 뿐이다. 경우에 따라 어떤 소리가 나더라도, 어떤 무서운 소리가 들리더라도 등과 같은 상황에 대한 예가 주어지기도 하지만, 돌아보면 어떻게 된다는 것은 밝혀지지 않는다.[44]

그래서 며느리가 살기 위해 앞만 보고 달리다가 왜 돌아보게 되는지에 대해 여러 가지로 상상하게 된다. 첫 번째로 추측할 수 있는 돌아본 이유는, 이야기의 맥락으로 볼 때 며느리가 가졌을 법한 궁금증 때문이라 할 수 있다. 중이 절대로 뒤를 돌아보아서는 안 된다고만 했지, 왜 그래야 하는지는 말하지 않았기 때문에 돌아볼 생각을 한 것이 아닌가 하는 것이다. 이는 며느리의 호기심 혹은 궁금증이 멸망에 대한 공포를 앞선 순간이라 할 수 있을 것이다. 중의 말을 듣고 도망하기 시작했을 때는 무조건 살아야 한다는 생각 때문에 정신없이 앞만 보고 도망하였을 것이다. 그렇지만 어느 정도 도망을 하다 보니 여유도 생겼을 테고, 뒤에서 벼락 치는 소리가 들리니 무슨 일이 벌어졌는지 너무나 궁금하여 뒤돌아보았다고 추측해 볼 수 있다.

다른 장자못 이야기에서는 중이 며느리에게 금기를 부여하면서 살려면 그렇게 해야 한다든지, 그 집에 있으면 죽게 된다

---

44 이에 대해서는 인간이 보지 말아야 할 신성계의 일, 예컨대 천지창조나 멸망과 같은 인간의 영역이 아닌 일이기 때문이라고 해석하기도 한다.

든지 하는 단서를 주기도 한다.[45] 이 경우 살기 위해서는 뒤를 돌아보지 않고 도망해야 한다는 금기의 이유가 제시된 것인데, 이러한 경우라 할지라도 금기를 부여받은 입장에서는 과연 그러한지 궁금할 수 있다. 다시 말해 자신이 들었던 그 금기의 이유가 맞는지 확인하고 싶은 마음의 발로에서 돌아보았다 할 수도 있는 것이다.

두 번째 가능한 추측은 며느리가 느낀 놀람 혹은 두려움 때문에 돌아본 것이라 할 수 있다. 며느리는 살기 위해 열심히 도망하였을 것이지만 뒤에서 갑자기 큰 소리가 나니 깜짝 놀라 자신도 모르게 돌아보았을 가능성이 있는 것이다. 바로 등 뒤에서 엄청난 소리가 들렸다면 급박한 상황에서 금기를 생각하지 못하고 생리적 반응으로 자신도 모르게 돌아볼 수도 있을 것이기 때문이다. 너무 큰 두려움은 사람의 인지적 기능을

---

45 오정미는 이를 공간에 대한 위협이라고 해석하였다(오정미, 「장자못 설화 연구-여성의 '돌아봄'의 의미를 중심으로」, 『국어문학』 60, 국어문학회, 2015, 149쪽.). 근거로 든 예는 박영달의 논문(박영달, 「전북부안지방설화연구」, 전북대학교 대학원 석사학위논문, 1987, 28-29쪽.)에 실린 이본에서 "지금 미구에 당신내 집에는 큰 변괴가 일어납니다. 그러니 뒤를 돌아보지 마시오."라고 한 것과 "니 살라 카거들랑 너거 집을 돌아다보지 말고 내 따라만 오이라."(「의령 북실 장자못」, 『한국구비문학대계』 8집 11책 (한국정신문화연구원, 1980.), 476쪽.) 등이다. 오정미의 해석대로 중이 제시한 금기가 공간에 대한 위협일 수도 있지만, 그 위협은 근본적으로 며느리의 목숨에 대한 위협일 수도 있다. 다시 말해 며느리는 그 무엇보다 자신의 목숨을 지키기 위해 도망을 한 것이라 볼 수 있는 것이다.

마비시킬 수도 있기 때문에 미처 돌아보지 말아야 한다는 생각을 하기도 전에 저절로 돌아본 것이라 할 수도 있겠다.

세 번째로 생각할 수 있는 것이 며느리가 두고 온 가족에 대한 염려 혹은 사랑, 그리움 등이다.[46] 여기서 살펴본 장자못 이야기들에서는 며느리의 심정이 드러나 있지 않지만[47] 충분히 추측이 가능하다. 이렇게 긴박하게 재앙을 피해야 하는 상황이라면, 그리고 그런 상황에서 급하게 몇 가지만 챙겨서 도망한 상황이라면 누구나 자신이 놓고 온 것에 대해 염려하고 아쉬움을 가질 만하다.

(가)에서는 며느리가 급하게 자기 목숨만이라도 구하고자 홀몸으로 도망하지만, (나)에서는 아기를 업고, (다)에서는 아

---

[46] 이를 두고 전한성 등은 금기 화소를 '인간 존재의 다양한 갈등'을 내포한다고 보았다. 그러면서 "이 때 인간 존재의 다양한 갈등 양상은 신적 질서의 거부에서 오는 것일 수도 있고, 통과의례의 과정일 수도 있고, 자기희생의 결과일 수도 있고, 인생의 기로에서 발생하는 고민을 의미하는 것일 수도 있다."라고 하였다(전한성, 민지훈, 「금기화소(禁忌話素)를 중심으로 한 〈장자못〉 설화의 교육 내용 연구」, 『국어문학』 65, 국어문학회, 2017, 156-158쪽.).
한편 오정미는 장자못 설화에 대해서 금기를 중심으로만 살필 것이 아니라는 문제의식에서 돌아보는 행위를 여성의 신성성과 관련지어 해석하고 있다. 이에 의하면 장자못 설화에서 신성성의 의미를 부여할 수 있는 경우는 변이형으로 돌부처 등과 같이 며느리가 석화된 결과를 신앙의 대상으로 상정하고 있기 때문이다(오정미, 「장자못 설화 연구―여성의 '돌아봄'의 의미를 중심으로」, 『국어문학』 60, 국어문학회, 2015, 146-167쪽.).

[47] 며느리가 도망을 하다가 자신의 가정을 버려두고 가지 못해 뒤돌아보겠다는 등의 서술이 보이는 이야기들도 있다.

기를 업고 명주 도투마리를 이고, 개와 함께 도망한다. 아무리 많은 것을 챙긴다고 한들 이렇게 도망해야 하는 상황에서 챙긴 것이라면 아쉬운 것이 생기기 마련이다. 심지어 이 상황의 원인이 된 악한 시아버지마저 안타까움과 아쉬움의 대상이 될 수 있는 것이다.[48]

이렇게 며느리의 돌아보는 행위는 사람이라면 누구나 가질 만한 감정, 그리고 그런 상황에 처한다면 반드시 겪게 될 갈등을 보여준다 할 수 있다. 그리고 그 결과는 비극적이다. 장자못 이야기에서 며느리들은 하나같이 돌이 되고 만다. 며느리가 돌이 되어버렸다는 것은 재앙에서 구원받지 못했다는 것이고 이는 결과적으로 시아버지와 마찬가지로 죽음을 맞았다는 의미를 지닌다.

소돔과 고모라 이야기에서도 천사들이 성 사람들의 악행에 대해 곧바로 어떤 징치를 하지는 않는다. 롯이 자신의 집에 손님으로 온 천사들을 방어하기 위해 사람들을 막고 있을 때 그 힘이 부치자 천사들이 우선 성 사람들의 눈을 어둡게 하여 롯

---

48 이에 대해 오정미는 시아버지와 며느리의 관계에 초점을 맞추어, 며느리의 돌아보는 행위를 "가정을 버릴 수 없는 여자의 마음", "부모에게 효도하는 여인"의 성격을 보여준다고 하였다(오정미, 「장자못 설화 연구─여성의 '돌아봄'의 의미를 중심으로」, 「국어문학」 60, 국어문학회, 2015, 150-152쪽.).

을 구해낸다. 그리고 롯에게 그 성을 떠나라고 명한다.

여기서 롯의 역할은 장자못 이야기의 며느리와 차이가 있다. 장자 집 며느리는 적극적으로 시아버지를 말리지는 못하고, 모욕을 당하고 돌아가는 중에게 뛰어가 쌀 시주를 하며 잘못에 대해 사과하는 즉 뒤에서 일을 무마하는 역할을 한다. 그런데 롯은 성 사람들의 악행을 나서서 막으며 달래려고 노력하는 적극성을 보이는 것이다.

롯의 집에 손님의 모습으로 온 천사들이 롯에게 다른 가족이 있냐고 묻는 것의 계기가 이러한 롯의 선한 행동이라는 점에서는 장자 집의 며느리와 비슷하다. 즉 롯이 성 사람들의 악행을 저지하는 것과 며느리가 시아버지의 악행을 대신하여 시주로 잘못을 비는 것이 유사한 것이다. 그래서 롯도 장자 집 며느리와 마찬가지로 구원의 기회를 얻게 되었다 할 수 있다. 물론 롯의 경우는 소돔과 고모라 이야기의 서두에서 제시된 아브라함의 간청 때문에 구원이 예정되어 있었다고 볼 수도 있지만, 실제 서사의 전개 과정에서 롯의 행위 역시 그러한 예정된 구원을 받을 자격을 부여했다고 할 수 있는 것이다.

"여기 집안에 있는 사람들 외에 네게 딸린 가족이 또 있느냐? 네 사위나 자녀나 이 성 중에 있는 네게 속한 자들을 다 성 밖으로 끌어내라! 여기 있는 악한 자들에 대한 부르짖음이 여호와 앞에 크므로 여호와께서 이곳을 멸하시려고 우리를 보내셨다. 그러니 우리가 이곳을 멸할 것이다."

롯이 천사들에게 선한 행동을 한 후 이러한 예시를 받을 수 있었다는 것이 재앙에서 구원받을 자격을 얻은 결과라 할 수 있다. 천사들은 롯에게 롯뿐만 아니라 그에게 딸린 가족을 데리고 성 밖으로 나갈 것을 권고한다. 성 사람들의 악함 때문에 멸망당할 것이므로 도망하라는 것이다.

롯이 그 가족들과 함께 구원받을 기회를 얻은 것은 장자못 이야기에서 며느리만 구원을 받을 기회를 얻는 것과 차이가 있다. 그것은 소돔과 고모라 이야기에서는 롯이라는 남성 인물이 중심이 되지만, 장자못 이야기에서는 시아버지와 며느리가 대칭을 이루면서 서사의 중심이 되기 때문으로 보인다.

엄중한 경고를 받은 롯은 자신의 딸들과 함께 결혼할 사위들까지 도망하려고 하였으나 그 예비 사위들은 그 경고를 웃음거리로 여기고 따르지 않는다. 결국 롯은 그의 아내와 두 딸만 데리고 도망하게 되는데, 그 과정에서 롯의 아내는 "도망할 때 뒤로 돌아보거나 들에 머물러서는 안 된다."는 금기를 어기고 만다. 성경에 서술된 맥락으로는 어떻게 해서 롯의 아내만 뒤를 돌아보았는지는 알 수 없다.

롯의 아내와 장자 집 며느리의 동일한 점은 재앙에서 구원받을 기회를 얻었으나 뒤를 돌아보지 말라는 금기를 어겨 굳어버렸다는 것이다. 차이점은 롯의 아내는 소돔과 고모라 이야기에서 특별히 부각되지 않는 인물이라는 것이다. 장자못이야기에서 며느리는 장자와 함께 대비를 이루며 서사 전개에서 부각되며 구원받을 기회를 얻는 이유도 설명이 된다. 그런데 소돔과 고모라 이야기에서 서술된 인물의 행위는 대부분 롯과 관련된 것이어서 롯의 아내가 어떤 인물인지 왜 롯의 아내만 뒤를 돌아보았는지 알 수가 없다. 롯의 아내가 구원받을 기회를 얻은 이유는 롯이 구원받을 자격을 얻었고, 자신이 롯의 가족이기 때문이라고 설명할 수밖에 없다.

그래서 소돔과 고모라의 재앙을 피해 도망하면서 롯의 아내만 뒤를 돌아본 이유는 그 인물만의 욕망이나 갈등 때문이라고 추측해 볼 수 있을 따름이다. 롯의 아내가 금기를 어기고 뒤를 돌아보아 얻게 된 결과는 자신이 소금기둥이 된 것이다. 이는 장자못 이야기에서 며느리가 바위나 화석이 된 것과 유사하다. 소금기둥과 바위의 유사성은 굳은 것, 즉 결정체라는 물질성이다. 소금도 결정체로서 고체의 성질을 지니며, 바위도 돌이라는 단단한 덩어리가 크게 만들어진 것이다. 차이가 있다면 소금은 물에 녹는다는 것이고, 바위는 그렇지 않다는 것이다.

롯의 아내가 왜 소금기둥이 되었는지, 장자 집 며느리가 왜 바위가 되었는지에 대한 설명은 단지 금기를 어겼기 때문이라는 것이다. 롯의 아내나 장자 집 며느리가 목도한 것이 너무나 충격적인 것이기 때문이었는지, 하늘이 내린 천벌이 화석처럼 굳어 제 자리에서 꼼짝 못하게 하는 것이었는지는 알 수가 없다. 어떤 방향으로 생각하든지 간에 금기를 어겨 굳어버린 롯의 아내나 장자 집 며느리가 말해주는 교훈은 분명하다. 주어진 금기를 어겨서는 안 된다는 것이다.

이렇게 장자못 이야기와 소돔과 고모라 이야기를 비교해 볼 때 서사구조상 유사점과 차이점이 있다. 두 이야기 모두 악한 죄에 대한 형벌이라는 요소로 물에 잠기는 것과 불이 내리는 것이 나타나며, 그러한 천벌 같은 재앙에도 살아남을 수 있는 사람이 있었다는 것, 그러나 결국 주어진 금기를 어겨 돌처럼 굳어버린 존재가 있다는 것 등이 공통점이다. 차이를 찾는다면 재앙이 내리는 방식, 말하자면 장소가 없어지는 방식이 물인지 불인지 하는 것과 구원받은 존재가 있는지 없는지, 그리고 금기를 어긴 결과 무엇인 되었는지, 즉 돌인지 소금인지 등을 들 수 있다.

이 두 이야기 유형은 전 세계적으로 퍼져 있는 것이기도 하다. 대개는 물로 뒤덮인 장소와 관련이 있고, 있다가 없어진 장소에 대한 이야기로 전한다. 이 이야기들은 앞서 살펴보았듯이, 사람이 살아가는 태도, 즉 착하게 살 것인지 나쁘게 살아도 되는지에 대한 문제를 다루고, 언젠가 불시에 닥칠지 모르는 천재지변 혹은 재앙에 대한 가능성을 제시하며, 주어진 금기를 지켜야 할 필요에 대해 상기시키고, 사람이 살아가다 보면 어느 순간 갈등을 겪을 수밖에 없는 문제들을 보여준다 하겠다.

3. 확장하기

이제까지 살펴본 장자못 이야기와 소돔과 고모라의 이야기 사이에 보편적 서사라고 할 수 있는 공통점이 있음을 알 수 있었다. 장자못 이야기는 우리나라에서도 전국적으로 퍼져 있는 설화로 다양한 유형의 다수 이본이 있다. 이는 장자못이라고 불릴 만한 장소와 관련하여 오랜 동안 전해지고 널리 퍼진 이야기 유형이라는 의미로, 우리나라 내에서도 보편성을 지니는 설화임을 말해 준다.

이에 비해 소돔과 고모라 이야기는 특정한 장소와 관련된 한 가지 설화이다. 다시 말해 소돔과 고모라 이야기는 이본이 있다 할지라도 기록 매체나 번역의 차이로 인한 것이지 장자못 이야기처럼 다양한 장소에서 별개로 만들어진 이야기는 아니다. 그렇지만 놀랍게도 소돔과 고모라 이야기와 장자못 이야기가 보편적 서사를 공유하고 있는 것이다. 이는 악행 혹은 죄악의 보편성이라 할 수 있으며, 장소의 소실과 재앙에서 구원받은 인간의 존재 역시 보편성을 지니기 때문이라 할 수 있다. 이러한 두 이야기의 공통점을 중심으로 다음과 같이 보편 서사를 도출해 보았다.

고전 서사와 성경 이야기

- 악한 사람이 살고 있었다.
- 악한 사람은 초월자에 대해서도 악행을 저질렀다.
- 악한 사람과 대비되는 선한 사람이 초월자를 위한 행위를 한다.
- 초월자가 선한 사람에게 뒤돌아보지 말고 떠나라고 한다.
- 선한 사람 혹은 그 가족이 뒤돌아보지 말라는 금기를 어겨 굳어버린다.
- 재앙이 임한 장소는 멸망하여 없어진다.

두 이야기를 바탕으로 보편 서사를 정리해 보면, 장자못 이야기의 보편성은 죄악-선, 초월자의 응징, 재앙에서 구원받는 사람에게 주어진 금기, 금기를 어긴 자, 금기를 어긴 결과로 굳어짐, 장소의 소멸 등이라 할 수 있다.

두 이야기의 차이에 주목하여 보면, 근본적으로 서로 다른 종교적 배경을 바탕으로 만들어진 것에서 의미를 찾을 수 있다. 장자못 이야기에서 도승은 단지 불교의 수행자라기보다는 하늘을 움직여 재앙을 내릴 수 있는 초월적 능력이 있는 존재이다. 이야기에 따라서는 장자의 악행을 더 이상 보지 못하고 징치하기 위해 장자의 집에 시주 온 것으로 되어 있어 이러한 성격이 더 강하게 나타난다.

이는 소돔과 고모라 이야기의 경우도 마찬가지이다. 물론 소돔과 고모라 이야기는 기독교를 배경으로 만들어졌다. 그래서 여호와 하나님이 소돔과 고모라의 죄악을 더 이상 참지 못해 멸망시킬 결심을 함으로써 이야기가 시작되고 마무리된다. 이러한 재앙은 소돔과 고모라에 천사들이 직접 방문함으로써 이야기가 본격적으로 전개된다.

이렇게 서로 다른 종교를 배경으로 하고 있으나 초월적 힘이 악에 대해 징벌적 재앙을 내리는 이야기는 유사하게 구조화되어 있다. 금기를 어긴 존재를 여성으로 지목한 것도 두 이야기의 유사성인데, 장자못 이야기에서는 며느리가 돌로 변하고, 소돔과 고모라 이야기에서는 롯의 아내가 소금기둥으로 변한다는 것이 차이다.

돌과 소금이라는 결정체의 차이를 어떻게 해석해야 하는가 하는 문제는 역사 문화라는 관점에서 생각해 볼 수 있다. 장자못 이야기는 '못'이라는 육지 가운데 있는 모여 있는 물의 형성에 대한 것인데 비해, 소돔과 고모라는 '사해'라는 호수임에도 불구하고 염분이 매우 높은 물과 관련되어 있다는 차이가 있다. 여기서 장자못 이야기의 며느리는 육지에 있는 돌로 남았지만, 소돔과 고모라 이야기에서 롯의 아내는 사해의 염분과 관련되어 물속 소금으로 남았다고 추측할 수 있는 것이다.

고전 서사와 성경 이야기

장자못 이야기의 며느리나 롯의 아내나 그렇게 굳어지게 된 계기가 보지 말아야 할 것을 '본' 것과 관련된다는 점에서 망부석 설화로 확장하여 볼 수 있다. 망부석 설화로 대표적으로 들 수 있는 것이 박제상 부인 이야기이다. 이 역시 돌이 된 주체는 여인이라는 점에서 유사성을 찾을 수 있다. 그렇지만 돌이 된 사연은 장자못 이야기와 다르다. 그 사연의 핵심은 남편에 대한 그리움 혹은 사랑이라 할 수 있기 때문이다.

박제상 이야기는 『삼국사기』와 『삼국유사』 모두에 나타난다. 그런데 『삼국사기』에는 박제상을 중심으로 사적이 기록되어 있어[49] 박제상의 죽음 이후 박제상 부인에 대한 별다른 언급이 없다. 박제상과 부인에 대한 서술은 박제상이 미사흔을 구하기 위해 다시 일본으로 돌아갈 때에 나타난다.

제상은 이에 죽기를 맹세하고 처자식도 만나지 않은 채 율포(栗浦)로 가서 배를 타고 왜로 향하였다. 그의 아내가 이 소식을 듣고 포구로 달려와 배를 바라보며 크게 통곡하고 말했다.

"잘 다녀오십시오."

제상이 돌아보면서 말했다.

---

49 『삼국사기』의 '제45권 열전 제5'에 박제상 열전이 실려 있다.

"내가 명을 받들어 적국으로 들어가는 것이니, 당신은 다시 만날 것을 기대하지 마시오."[50]

『삼국사기』에서는 박제상의 위업에 초점을 맞추고 있기 때문에 박제상과 그의 가족에 대한 서술은 별로 없는 것이라 할 수 있다. 위에서 박제상이 아직 일본에 남아 있는 왕자를 구하기 위해 배신자 행세를 하며 다시 일본으로 가기로 하고 죽음을 각오하고 있음을 보여준다. 박제상은 나라의 일을 위해 과감히 가족을 돌아보지 않는 면모를 보이는데, 위의 인용 부분에서 잘 나타난다. 박제상은 스스로 죽기를 맹세하고 일본으로 가면서 처자식도 만나지 않고 간다. 그래서 박제상의 부인이 달려 나가 이별 인사를 하는 것이다. 박제상은 통곡하는 부인에게 다시 만날 것을 기대하지 말라고 단호하게 이야기한다. 역사 서술이긴 하지만 박제상의 태도나 말은 부인 입장에서 생각해 보면 참 야속하다. 그런데 『삼국사기』 서술에서는 더이상 박제상 부인에 대한 내용이 나오지 않는다. 박제상이 일본에서 죽어 돌아오지 못했을 때 왕이 그의 가족에게 후한 상을 내렸다는 후일담만 기록되어 있을 뿐이다.

---

50 김부식, 박장렬, 『원문과 함께 읽는 삼국사기』, 한국인문고전연구소, 2012.

이에 비해『삼국유사』에서는 박제상의 죽음 소식을 들은 박제상 부인의 모습을 기록하고 있다.

처음에 제상이 떠나갈 때, 소식을 들은 부인이 뒤쫓았으나 만나지 못하자 망덕사 문 남쪽의 모래밭에 드러누워 오래도록 울부짖었는데, 이 때문에 그 모래밭을 장사라 불렀다. 친척 두 사람이 부축하여 돌아오려는데 부인이 다리가 풀려 일어나지 못했으므로, 그 땅을 벌지지라 했다. 오랜 뒤에 부인은 남편을 사모하는 마음을 견디지 못해 세 딸을 데리고 치술령에 올라 왜국을 바라보면서 통곡하다 삶을 마쳤다. 그 뒤 치술령의 신모가 되었으며 지금도 사당이 남아 있다.[51]

『삼국유사』에 기록되어 있는 박제상 부인의 모습은『삼국사기』와는 사뭇 다르다. 그것은『삼국유사』에서 보이는 박제상 부인의 모습이 훨씬 비극적이기 때문이다.『삼국사기』에서는 박제상과 그 부인이 서로 말이라도 하고 헤어진 것으로 서술되어 있지만,『삼국유사』에는 이렇게 만나지도 못하고 박제상 부인은 울부짖고 통곡하다 죽은 것으로 나온다. 그래서『삼

---

51 일연, 김원중,『삼국유사』, 민음사, 2007.

국유사』에서는 '치술령'에 있는 바위가 박제상의 부인이 변한 것이라고 서술하고 있는 것이다.

　이렇게 망부석 설화는 대개 남편을 기다리다 지쳐 변한 아내 모습의 석상과 관련된 이야기다. 그래서 열녀 이야기라고 할 수 있으며, 남편에 대한 극진한 사랑을 담고 있는 이야기라고 할 수 있다. 이러한 망부석의 이미지는 '바라봄'이라는 점에서 앞서 살핀 장자못 이야기, 소돔과 고모라 이야기와 관련된다고 할 수 있을 것이다.

V. 마무리

이제까지 우리 고전 서사와 관련지을 수 있는 성경 이야기를 상호문화적으로 비교하며 살펴보았다. 우리 고전 서사와 성경 이야기의 상호문화성은 이 두 이야기 사이에 있는 보편성에 입각한 것이다. 이 이야기들 사이에 인생사의 보편적 서사가 있기에 비교가 가능하였다 할 수 있다. 그래서 서로 다른 문화권에 있는 다른 이야기임에도 그 보편적 특질로 인해 관련지어 이해하고 수용할 수 있는 바탕이 마련될 수 있는 것이다.

이러한 접근의 의의를 이제까지 개관하고 살핀 내용을 중심으로 정리하자면 한국어교육과 문화교육의 내용을 마련할 수 있다는 것에서 우선 찾을 수 있다. 문학 작품, 그 중에서도 한국의 설화나 고전소설을 한국어교육, 문화교육에 활용하는 연구는 어느 정도 성과가 축적되어 있다. 그렇지만 이러한 연구들은 대부분 한국의 고전문학 작품, 현대 문학 작품을 개별적으로 선택하여 어떻게 가르칠 것인지를 다루고 있다는 점에서 이 연구에서 시도하는 바가 새롭고 흥미로울 수 있으리라 기대한다.

뿐만 아니라 이 연구는 설화연구나 서사연구 측면에서 볼 때 비교문학적, 비교문화적 연구의 새로운 시도라는 의의를 부여할 수 있다. 왜냐하면 이제까지 이루어진 한국문학 연구에서 한국의 고전 서사와 성경을 전면적으로 비교하여 상호문화적으로 접근한 경우도 아직 별로 없는 것으로 파악되기 때문이다.

다른 한편으로 이러한 상호문화적 비교 연구는 한국의 고전 서사와 성경 이야기를 비교함으로써 우리 고전 서사가 지닌 문화적 보편성을 확인하는 의의가 있다. 우리 고전 서사와 성경 이야기의 유사성은 화소나 소재 차원에서부터 인물의 유형, 사건의 발단이나 진행 등 다양한 차원에서 발견할 수 있는데, 이러한 유사성은 문화적 보편성의 방증이라 할 수 있다. 아울러 우리 고전 서사와 성경 이야기의 차이에서 문화적 특수성을 발견할 수 있을 것이다.

그리고 이 연구에서 만들어지는 우리 고전 서사와 성경 이야

고전 서사와 성경 이야기

기의 재구성 텍스트는 그 자체로 읽기 교재로 활용될 수 있다. 이들 텍스트는 한국어교육이나 문화교육의 교재로 활용될 수 있는 이야기 자료가 될 수도 있고, 문화 연구의 기본 텍스트나 누구나 쉽게 접근할 수 있는 독서 자료가 될 수도 있다.

우리의 고전 서사와 성경 이야기의 비교를 위해서는 전체 텍스트의 일부를 발췌하거나 재구성할 필요가 있다. 특히 성경 텍스트의 경우 특정 인물의 이야기라 할지라도 여러 장에 걸쳐 산재해 있는 경우가 많아 재구성하여 하나의 텍스트로 정리해야 한다. 우리 고전 서사 중에서도 고전소설과 같이 전체 텍스트 분량이 많아 일부를 발췌하거나 전체 텍스트에서 관련된 이야기들을 추출하여 재구성하는 것이 비교 분석에 용이하다. 이러한 측면에서 이 글에서 정리한 고전 서사와 성경 이야기의 재구성 텍스트가 읽기 자료로 활용될 수 있으리라 기대한다.

나아가 이 연구에서는 한국어교육의 실제 수업을 구안하거나 활동을 제시하지는 않았지만, 고전 서사와 성경 이야기의 텍스트와 비교 분석한 내용은 그러한 교육에 필요한 교육의 내용이자 교재가 될 수 있을 것이다. 이는 한국어교육의 대상 학습자가 상호문화적, 상호소통적으로 한국 문화를 학습할 수 있는 내용이자 텍스트임을 말한다. 그 구체적인 과정은 문학 작품과 문화의 보편성에서 출발하여 특수성을 인지하고,

다른 문화에 대해 상대주의적 태도를 지니며 서로 다른 문화를 조화롭게 수용하게 하는 것이 될 것이다. 이러한 맥락에서 이 연구가 진정한 한국 문학의 세계화, 지구화에 기여하고, 한국어교육의 바탕을 마련하는 데 도움이 되기를 바란다.

참고문헌

- 고려대학교 민족문화연구소, 『한국민속대관』, 1980.

- 강상아, 「선교 목적 한국어 교재 「성경 이야기로 배우는 한국어」 분석: 청소년용 교재의 교육 내용 제시 양상을 중심으로」, 연세대학교 교육대학원 석사학위 논문, 2019.

- 곽정식, 「한국 설화에 나타난 형제 간 갈등의 양상과 그 의미」, 『문화전통론집』 4, 경성대학교부설 한국학연구소, 1996, 21-36쪽.

- 김명희, 「'신데렐라형' 설화를 활용한 한국 문화교육 방법」, 제주대학교 교육대학원 석사학위 논문, 2014.

- 김미조, 「문화원형을 활용한 문화콘텐츠 개발 사례 연구: 요괴와 도깨비를 중심으로」, 한국외국어대학교 대학원 석사학위 논문, 2016.

- 김부식, 허성도 역, 『삼국사기』, 한국사사료연구소, 2004.

- 김수진, 「문화간 의사소통능력 신장을 위한 한국문화교육 방법 연구」, 한국외국어대학교 대학원 박사학위 논문, 2010.

- 김영순, 최승은, 「상호문화학습의 실천적 내용에 관한 탐색적 연구」, 『언어와 문화』 12권 2호, 한국언어문화교육학회, 2016, 1-27쪽.

- 김영순, 최유성, 「문화번역 개념을 통한 상호문화 한국어 교육 패러다임 탐색」, 『언어와 문화』 15권 1호, 한국언어문화교육학회, 2019, 1-24쪽.

- 김예리나, 「학습자 경험을 활용한 한국어 상호문화교육 연구」, 서울대학교 대학원 석사학위 논문, 2018.

- 김예리나, 「학습자 경험을 활용한 한국어 상호문화교육 연구」, 서울대학교 대학원, 석사학위 논문, 2018.

- 김정숙, 「프랑스의 '상호문화주의'에 대한 소고」, 『한국언어문화학』 9권 2호, 국제한국언어문화학회, 2012, 75-92쪽.

- 김정은, 「전설에 대한 남북한의 관점과 소통 가능성의 전망 -〈장자못〉전설을 중심으로-」, 『남도민속연구』 20, 남도민속학회, 2010, 59-85쪽

- 김정현, 「다문화주의와 상호문화주의의 차이에 대한 한 해석」, 『코기토』 82, 부산대학교 인문학연구소, 2017.

- 김종철, 「한국 고전문학과 한국어 교육」, 『한국어교육연구』, 서울대학교 외국인을 위한 한국어교육 지도자과정, 2002.

- 김지혜, 「다문화 소설을 통한 상호문화교육 연구」, 서울대학교 대학원 박사학위논문, 2019.

- 김지혜, 「재난 서사에 담긴 종교적 상징과 파국의 의미 - 김애란, 윤고은, 정용준의 소설을 중심으로 -」, 현대문학이론학회, 현대문학이론연구 70, 2017, 57-78쪽.

- 김창근, 「상호문화주의의 원리와 과제: 다문화주의의 대체인가 보완인가?」, 『윤리연구』 1권 103호, 한국윤리학회, 2015.

- 김태준, 『흥부전·변강쇠가』, 고려대학교 민족문화연구원, 2015.

- 김혜민, 「한국어 상호문화교육을 위한 교수 전략 연구」, 서울대학교 대학원 석사학위 논문, 2015.

- 김혜진, 김종철, 「상호 문화적 능력 향상을 위한 한국의 '흥' 이해 교육 연구 - 고전 문학 제재를 중심으로-」, 『한국언어문화학』 12권 1호, 국제한국언어문화학회, 2015, 79-111쪽.

- 김효중, 『한국문학의 세계화 전략』, 푸른사상, 2008.

- 마달레나 드 카를로 지음, 장한업 옮김, 『상호문화 이해하기』, 한울 아카데미, 2011

- 문자영, 「상호텍스트성을 활용한 문화콘텐츠 기반 문학교육」, 한양대학교 교육대학원 석사학위 논문, 2016.

- 박경숙, 「독일의 상호문화교육과 우리나라 다문화교육에 관한 비교연구: 초등학교를 중심으로」, 경기대학교 교육대학원 석사학위 논문, 2013.

- 박성, 「영화를 활용한 한국 가치문화교육 연구 - 상호문화능력을 중심으로 -」, 『한국언어문화학』 15권 2호, 국제한국언어문화학회, 2018, 189-227쪽.

- 박영달, 「전북부안지방설화연구」, 전북대학교 석사학위논문, 1987

- 박영순, 『(한국어 교육을 위한)한국문화론』, 한국문화사, 2006.

- 박종대, 「한국 다문화교육정책 사례 및 발전 방안 연구: 상호문화주의를 대안으로」, 한국외국어대학교 대학원 박사학위 논문, 2017.

- 부산대학교 인문한국 고전번역+비교문화학 연구단, 『문화소통과 동서양의 고전』, 보고사, 2013.

- 서대석, 박경신, 『서사무가 Ⅰ』, 고려대학교 민족문화연구원, 2015.

- 서명수, 「동서 비교문학을 위한 방법론 모색」, 『동서비교문학저널』 28, 2013.

- 서영지, 「Michael Byram의 '문화적 전환'에 관한 연구: 사회문화능력에서 상호문화의사소통능력으로」, 『프랑스문화연구』 36, 한국프랑스문화학회, 2018, 149-172쪽.

- 성기철, 「언어문화의 보편성과 개별성」, 『한국언어문화학』 1, 2호, 국제한국언어문화학, 2004, 131-149쪽.

- 송현정, 「상호문화교육콘텐츠 개발방안 연구: 프랑스 사례를 중심으로」, 한국외국어대학교 대학원, 석사학위논문, 2013

- 신승혜, 「신화를 활용한 결혼이민여성의 상호문화교육 방안 연구」, 한국외국어대학교 대학원 박사학위논문, 2016

- 신응철, 「문화적 이방성과 상호 문화적 해석학」, 『철학·사상·문화』 22, 2016, 82-105쪽.

- 안희은, 「상호문화주의에 기반한 한국어교육 정책 연구」, 부산대학교 대학원 박사학위 논문, 2015.

- 양정아, 「상호문화주의 교육의 정당화: 한국 다문화교육의 방향 탐색」, 성균관대학교 일반대학원 박사학위 논문, 2020

- 연선자, 「판소리를 활용한 한국 문화교육 방안 연구」, 한국외국어대학교 교육대학원 석사학위 논문, 2008.

- 오영훈, 「다문화교육으로서 상호문화교육 ─독일의 상호문화교육을 중심으로─」, 『교육문화연구』 15권 2호, 인하대학교 교육연구소, 2009, 27-44쪽.

- 오정미, 「장자못 설화 연구─여성의 '돌아봄'의 의미를 중심으로」, 『국어문학』 60, 국어문학회, 2015, 143-167쪽.

- 유윤종, 「야곱에서 이야기에 나타난 장자권의 역전」, 복음과 신학 5, 평택대학교 피어선기념성경연구원, 2002, 31-46쪽.

- 윤여탁, 「문학 작품을 활용한 한국어 문화교육 연구」, 『한국언어문화학』 10권 2호, 국제한국언어문화학회, 2013, 149-176쪽.

- 이경희, 「다문화사회 교육의 두 관점 ─ 다문화교육과 상호문화교육」, 『다문화교육』 2권 1호, 2011.

- 이병준, 한현우, 「상호문화역량의 개념 및 구성요소에 관한 연구」, 『문화예술교육연구』 11권 6호, 한국문화교육학회, 2016, 1-24쪽.

- 이승재, 『신화와 문화』, 한국문화사, 2010.

- 이원희, 「상호문화관점에서의 문화교육 방향성 모색」, 『한국언어문화교육학회 학술대회 2018 2호』, 한국언어문화교육학회, 2018, 58-62쪽.

- 이준영, 「상호문화성에 기반한 문학 독서교육」, 『한국언어문화학』 12권 2호, 국제한국언어문화학회, 2015, 183-220쪽.

- 이헌홍,「조웅전·적성의전」, 고려대학교 민족문화연구원, 2015.

- 이화도,「상호문화성에 근거한 다문화교육의 이해」,『비교교육연구』21권 5호, 한국비교교육학회, 2011, 171-193쪽.

- 장한업,「문화교육의 철학적 기반에 대한 고찰 – 상호주관성과 상호문화성을 중심으로 –」,『교육의 이론과 실천』21권 2호, 한독교육학회, 2016, 33-54쪽.

- 장현정,「상호문화적 감수성 함양을 위한 소설교육 방안」, 인천대학교 교육대학원 석사학위 논문, 2019.

- 전한성, 민지훈,「금기화소를 중심으로 한 〈장자못〉 설화의 교육 내용 연구」,『국어문학』65, 국어문학회, 2017, 145-176쪽

- 정선희,「국문장편 고전소설을 활용한 한국문화교육 방안 연구」,『한국고전연구』41, 한국고전연구학회, 2018, 135-170쪽.

- 정선희,「외국인을 위한 한국문화·가치관 교육 제재 확장을 위한 시론 –〈숙영낭자전〉을 중심으로–」,『한국고전연구』27, 한국고전연구학회, 2013, 29-60쪽.

- 정영근,「상호문화교육의 일반교육학적 고찰」,『교육철학』37, 한국교육철학학회, 2006, 32쪽

- 정창호,「다문화교육의 반성적 기초로서의 상호문화철학」,『교육의 이론과 실천』22권 3호, 한독교육학회, 2017, 3-37쪽.

- 정충권,「형제 갈등형 고전소설의 갈등 전개 양상과 그 지향점 –〈창선감의록〉, 〈유효공선행록〉, 〈적성의전〉, 〈흥부전〉을 대상으로–」,『문학치료연구』34, 한국문학치료학회, 2015, 81-318쪽.

- 정흥모,「다문화주의에 대한 신학적·성서적 연구와 한국교회의 다문화주의 재인식」, 감리교신학대학교 석사학위 논문, 2014.

- 조동일, 「영웅의 일생, 그 문학사적 전개」, 『동아문화』 제10집, 서울대 동아문화연구소, 1971, 165-214쪽.

- 차용주, 「고소설의 갈등양상에 대한 고찰 – 형제간의 갈등을 중심으로」, 『동아시아문화연구』 4, 한양대학교 동아시아문화연구소, 1983, 63-81쪽.

- 최래옥, 「한국민속과 기독교의 습합 양상」, 『비교민속학』 24, 2003, 비교민속학회, 115-150쪽.

- 최승은, 「다문화 사회의 타자와 윤리적 실천: 상호문화교육에 관한 철학적 고찰」, 『한국언어문화교육학회 학술대회 2019 12호』, 한국언어문화교육학회, 2019. 93-103쪽.

- 최은정, 「〈문화, 문학〉: 쉬샤오빈(徐小斌)의 「천상의소리(天象)」 읽기 –이청준의 「서편제」와 상호텍스트성을 중심으로」, 『비교문화연구』 39, 경희대학교 비교문화연구소, 2015, 309-328쪽.

- 최현덕, 「경계와 상호문화성 – 상호문화 철학의 기본 과제」, 『코기토』 통권 66호, 부산대학교 인문학연구소, 2009, 301-329쪽.

- 파테메 유세피, 「야담을 통한 한국 문화의 특성 분석」, 『한국글로벌문화학회지』 6권 1호, 한국글로벌문화학회, 2015, 51-72쪽.

- 허영주, 「보편성과 다양성의 관계 정립을 통한 다문화교육의 방향 탐색」, 『한국교육학연구(구 안암교육학연구)』 17권3호, 안암교육학회, 2011, 205-235쪽.

- 국립국어원, 『표준국어대사전』
  https://stdict.korean.go.kr/

- 서울대학교 교육연구소, 『교육학용어사전』, 1995
  https://terms.naver.com/

- 한국학중앙연구원, 『한국구비문학대계』
  https://gubi.aks.ac.kr

- 국립민속박물관, 『한국민속문학사전』
  http://folkency.nfm.go.kr/munhak/index.jsp

- 『한국민족문화대백과』, 한국학중앙연구원
  http://encykorea.aks.ac.kr/

- 『브리태니커 백과사전』, 한국브리태니커

- 김부식, 박장렬, 『원문과 함께 읽는 삼국사기』, 한국인문고전연구소, 2012.
  https://terms.naver.com/list.naver?cid=62145&categoryId=62145

- 일연, 신태영, 『원문과 함께 읽는 삼국유사』, 한국인문고전연구소, 2012
  https://terms.naver.com/list.naver?cid=49616&categoryId=49616

- 가스펠서브, 『교회용어사전: 교회 일상』, '장자의 명분',
  https://terms.naver.com/entry.naver?docId=2376435&cid
  =50762&categoryId=51365

- 가스펠서브, 『교회용어사전: 교회 일상』, '소돔'
  https://terms.naver.com/entry.naver?docId=2375814&cid
  =50762&categoryId=51365

- 가스펠서브, 『라이프성경사전』, '소알'
  https://terms.naver.com/entry.naver?docId=2393816&cid
  =50762&categoryId=51387

고전 서사와 성경 이야기

초판 발행	2023년 02월 14일
지 은 이	서유경
펴 낸 이	박찬익
펴 낸 곳	㈜박이정출판사
주 소	경기도 하남시 조정대로45 미사센텀비즈 8층 F827호
전 화	031)792-1195 팩 스 02)928-4683
이 메 일	pijbook@naver.com 홈페이지 www.pjbook.com
등 록	2014년 8월 22일 제305-2014-000029호
I S B N	979-11-5848-858-1(03810)
책 값	15,000원